La última mudanza de Felipe Carrillo

Alfredo Bryce Echenique

La última mudanza de Felipe Carrillo

EDITORIAL ANAGRAMA
BARCELONA

Portada:
Julio Vivas
Ilustración de Ángel Jové

© EDITORIAL ANAGRAMA, S.A., 1997
   Pedró de la Creu, 58
   08034 Barcelona

ISBN: 84-339-1068-X
Depósito Legal: B.47317-1997

Printed in Spain

Liberduplex, S.L., Constitució, 19, 08014 Barcelona

A María Antonia Flaquer, bella, valiente, e incomparable amiga; y a Luis León Rupp, a quien siempre recibo en mi casa con una etiqueta negra en el whisky y el corazón en la mano.

«Entendía que de todos los martirios conocidos, soportar a un niño era el más metó-
dico y refinado.»

MIGUEL DELIBES, *Mi idolatrado hijo Sisí*

«Nadie puede huir de lo que ha de venir.
*Sentencia un tanto fatalista en cuanto no ad-
mite posibilidad de escaparse de lo que está
escrito o predestinado. En la vida real no es
así, desde luego, pero como frase en según qué
circunstancias queda muy bien. La vida y la
sociedad de hoy no creen en los hados.*»

Diccionario Sopena de refranes

«There is only one thing you can do with a
woman –said Clea once–. You can love her,
suffer for her, or turn her into literature.»

LAWRENCE DURRELL, *Justine*

MÚSICA DE FONDO

Pensaba y pensaba, en aquel tren de la ausencia me voy (yo siempre pensando así, como musical, letras de canciones de ayer y de siempre, música de fondo, verán ustedes), pensaba y pensaba, en forma realmente abrumadora, cosas como mi boleto no tiene regreso y en el tren de mi ausencia me voy, por consiguiente, aunque nada había conseguido y eso que lo habíamos intentado todo aquella última vez.

Aunque claro, para nosotros, intentarlo todo una vez más, la última, consistía en destruirlo todo, de una vez por todas, y entonces sí, así, ponernos a buscar entre los escombros qué quedaba ahí, ponernos a buscar con cara de aguja en un pajar qué nos quedaba entonces, qué nos quedaba ahí, algo enterito, algo que buscaríamos con la misma obstinación con que teníamos que destruir hasta la aguja de ese pajar, para después, sólo después, ver qué había quedado intacto entre las ruinas. Sabíamos, desde la partida y mucho antes, desde que se decidió aquel viaje, sí, que se necesitaría un enorme tacto para la empresa. Y lo pusimos.

Pensar que tres personas totalmente desprovistas de tacto, tres personas embarcadas en una empresa que, bueno, ya es hora de explicarlo, era nada menos y muchísimo más que un *ménage à trois*, porque al final, de haber final feliz, del *trois* sólo debían quedar dos personas pero sin ex-

Ausencia - está ausente; Alejado de una persona o lugar.
abrumadora - causar gran molestia.
aguja - (en ese caso) - Riel movible para desviar trenes.
(también) - Barrita de metal para diversos usos.
desprovisto/a — Falto de lo necesario.

cluir a nadie, que de eso no se trataba tampoco sino de todo lo contrario, aunque eso no exista.

Era, pues, como se comprenderá ya ahora, espero, una empresa en la que habría que actuar con muchísimo tacto, y precisamente porque lo que iba a sobrar ahí era el tacto. Manual, labial, sexual, me refiero. O sea pues que aquello era una especie de Dios mío, a quién se le ocurre, y nosotros tres sin el mayor tacto y Dios mío y nosotros tres con el menor tacto y Dios mío y tacto y más tacto, al que me referí antes, más los animales: Lorita, verde y cotorrísima, Ramos el perro, Sandwich, o sea el gato, que era asiático como la gripe y horrible también, y el mono, cuyo nombre en este instante no se me viene a la memoria, pero ahí lo estoy viendo masturbarse una vez más en lo que va del día que entonces iba.

En forma por demás abrumadora, pensaba y pensaba, en aquel tren del adiós mujer, adiós, para siempre, adiós, que ya nunca más volvería al departamento triste de Genoveva y Bastioncito. Tantas horas de ida y tantas de vuelta y sólo para devolverles las sábanas de mi abrumación, aunque debo reconocer que las puso de hilo, la condenada, con profundo cariño y elegancia. Lo que sí: eran heredadas, no recién compradas como me quiso hacer creer Sebastián, poniendo su mejor cara de Bastioncito, y aunque los tres y los cuatro animales...

(Perdón, antes de que se me escape: Kong, el mono se llamaba Kong, y quedó para siempre masturbándose en la tristeza de mis recuerdos y, a lo mejor, también yo quedé tal cual, o sea masturbatorio, en el frenesí de su Onán permanente, porque no creo que los monos tengan tristeza de sus recuerdos, Kong, en todo caso, no tendría tiempo para ello, a punta de frenesí y de sucios placeres de vientre bajo.)

... Y aunque los tres y los cuatro animales debemos reconocer que, exclamando por la calidad del hilo y la herencia, pusimos, con gran tacto, las sábanas en la primera cama ha de ser de piedra, de piedra la cabecera:

12

Sobrar – Haber más de lo necesario
cotorra – Papagayo pequeño ; Persona Habladora
asiático – de Asia.
recién – immediamente antes; solamente.

–Bastioncito –le dijo Genoveva a Sebastián, cuando, tras haber abierto sólo la maleta de las sábanas, nos enfrentamos a la horrible ansiedad de las camas a la llegada–, Bastioncito, pásale las fundas de las almohadas a Felipe Carrillo para que las ponga en las cuatro almohadas.

Debo reconocer, ante la hoja en blanco, que ya no en el tren de la ausencia de fondo, que, definitivamente, Genoveva no se dio cuenta cuando dijo cuatro fundas para cuatro almohadas, siendo nosotros tres y las camas dos, como los dormitorios, y que yo sí me di cuenta pero no dije la cuarta almohada es para la cabecita de Ramos, con gran tacto, porque entonces Bastioncito podría haber gritado ¡no!, ¡la cuarta almohada es para la cabezota de Sandwich!, y allí sí que se arma la grande; la primera grande del millón, pero tampoco dijo nada, con gran tacto, también, porque también él se había dado cuenta de todo. No, definitivamente, Genoveva no se dio cuenta de nada y, así, de la misma manera, los tres, varias veces no nos dimos cuenta de nada, definitivamente, por lo cual la cosa tardó bastante en definirse, en medio de tanta ansiedad de tenerte en mis brazos, Genoveva. Definitivamente...

Aunque ahora que, por lo menos, ya se definieron mis tristes recuerdos, los tres deberíamos reconocer que, si dijimos e hicimos cosas así, un millón de veces cada uno, fue sin quererlo y sin darnos cuenta ni nada, pero yo me niego a creerlo y, por momentos hasta llego a pensar que ellos dos actuaron, desde *the very beginning*, o sea desde el primer instante, o sea desde el principito, de acuerdo a un plan preconcebido maquiavélica y de acuerdamente. Y los odio.

Pero, también por momentos, ante la hoja en blanco, que ya no en el tren de la nada, debo reconocer, y cuánto los quiero entonces, que si Genoveva dijo e hizo las cosas así, fue porque estaba luchando por desenvolverse con muchísimo tacto y que, aunque lo que cuento ocurrió en el ex paraíso de Colán, norte del Perú, el año en que el Fenómeno del Niño...

almohada – Colchoncillo para reclinar la cabeza o para sentarse sobre él.

13

ansiedad – Inquietud del ánimo; Ansia, angustia.
negar – Decir que una cosa no es cierta; No reconocer
maquiavélica – rel. al modo de proceder con astucia, doblez y perfidia.

Te puedo yo jurar ante un altar, Genoveva, que en esto del Fenómeno del Niño, hijo mejorado de Atila y los hermanos Karamazov, no hay alusión alguna a tu Bastioncito. Recuerda, recuerda por favor cuando te expliqué que, en el Perú, a la fría corriente de Humboldt, que fue descubierta por el sabio alemán Alexander von Humboldt y viene del Polo Sur, templando y hasta enfriando el clima de gran parte de la costa peruana, desertizándola incluso, y haciendo con el plancton que se origina en los ríos costeños un verdadero tesoro pesquero de nuestro litoral, la gente le llama, recuerda, por favor recuerda cuando te lo conté, Genoveva, para que no veas en ello alusión alguna a tu Bastioncito, la gente le llama la Corriente del Niño y te voy a explicar una vez más por qué. Cada año, Genoveva, más o menos alrededor de la Navidad –por eso se le llama Corriente del Niño Dios, también– la corriente del Golfo de Guayaquil, formada en Australia y Polinesia, empuja hacia afuera y sumerge a la de Humboldt, de tal manera que sus aguas calientes bajan por la costa peruana, al desviarse y sumergirse la Corriente del Niño. Ese movimiento se produce suavemente todos los años, pero cuando la intensidad crece se presenta el Fenómeno del Niño que nos tocó vivir a nosotros y, como bien lo sabes, por experiencia propia, la cosa llega a adquirir niveles de catástrofe, barriendo carreteras, desapareciendo puentes, destruyendo ciudades. En fin, recuerda todo lo que pasó porque a la maldita Corriente del Niño como que le dieron tremendo empujón y se desvió al máximo, produciéndose de esta manera el Fenómeno del Niño. Por todo lo cual, Genoveva, te ruego una vez más no ver la más mínima alusión a tu hijo en esto del fenómeno ni en lo de la desviación máxima del Niño ni en nada.

Y recuerda también, Genoveva, por favor, que aunque las sábanas eran de hilo, eran heredadas y medio vejanconas con zurcidito y todo, y que el viaje al Perú lo pagué yo y que, a la larga, resultó mucho más caro que el alquiler de la

14

casa, que tú pagaste, y de la cual no quedó piedra sobre piedra por culpa del Fenómeno del Niño desviado y su diluvio, sin alusión, ya lo sabes. Y recuerda, por último, que yo no dije esta boca es mía, en lo presupuestal, porque hasta Colán, con gran tacto de los tres, llegamos prácticamente huyendo de Madrid, volando en Iberia, además, porque CON IBERIA YA HABRÍA LLEGADO, según la publicidad de esta compañía, y es que realmente nos urgía llegar al paraíso de Colán, cambiando de avión en Lima, de ahí AEROPERÚ hasta Piura, y de ahí taxi hasta Colán, porque en Madrid todo lo nuestro funcionaba cada día peor y Humphrey Bogart habló en una de sus películas de la luna de Paita y el sol de Colán, lo machote que era Bogart, pero qué tiene que ver esto con Bastioncito y ahora más bien debo reconocer que el desviado máximo soy yo...

O sea que:

–Bastioncito –le vuelve a decir Genoveva a Sebastián, y todos debemos reconocer ahora que lo hace sin darse cuenta de nada y esforzándose por emplear íntegro su tacto–: Bastioncito, pásale las cuatro fundas de las almohadas a Felipe Carrillo para que las ponga en las cuatro almohadas.

–Gracias, Bastioncito –le dije a Sebastián, y Genoveva tiene que reconocer que, con gran tacto, exclamé, al recibir las cuatro fundas–: ¡Qué hilo, Bastioncito! Siendo peruano y todo, Bastioncito, tengo que reconocer que en este país de mierda, en esta *fucking banana republic*, como le llaman en gringolandia a todo lo que queda al sur del Río Grande y John Wayne, no se había vuelto a ver hilo como éste, ni tocado tampoco, desde que se fue el último virrey de España, dejándonos tan solos, cuando lo de San Martín, Bolívar, y la Independencia. O sea que calcúlale unos ciento setenta años, más o menos, sin este hilo, al pobre Perú.

Con enorme tacto, también, lo reconocimos, estoy seguro, Genoveva y yo, Bastioncito soltó una carcajadita Ima Sumac para festejar lo mío, por tratarse de una broma hecha con gran tacto y *todititita* para él, para que se sintiera feliz y todo empezara perfecto en Colán. Después dijo claro, ya lo creo, por supuesto, y qué querías entonces, pero Genoveva y yo nos apresuramos en reconocer, con grandísimo tacto y con las justas, también, que eso se debía a los dieciséis tiernos añitos de su hijo, que nunca cumplía años sino añitos, y que seguía siendo un niño, no un niñazo, como se me escapó a mí una vez, sin querer queriendo, porque la verdad es que el de marras superaba lejos el metro ochenta y los noventa kilos fláccidos, celulíticos y adipósicos, motivo por el cual estaba terminantemente prohibido llamarle Sebito, como se me escapó a mí una vez, también sin querer queriendo. Dejando la intimidad de lado, Sebastián sólo respondía a dos apodos: Bastioncito, en sus momentos de grandeza y serenidad, y Bastianito Ito, en sus momentos de extrema fragilidad y mamá no puedo más, me largo, te ahorco, o vete a la mierda. Había que ver la extrema fragilidad de Genoveva en esos momentos.

Puse las dos primeras fundas sin preguntar por supuesto de quién era ese dormitorio, qué falta de tacto hubiera sido, y me fui a poner las otras dos fundas sin preguntar tampoco para quién iba a ser el otro dormitorio. La verdad, era facilísimo saber que uno era el cuarto de Genoveva y/o, y que el otro sería también el cuarto de Genoveva y/o, ya veríamos con el tiempo, y por eso es que había que actuar con tanto tacto y que el *ménage à trois* era tan sui géneris, ya que en aquella etapa estaba destinado a que quedaran sólo dos en un cuarto, pero sin excluir a nadie, por supuesto, más los cuatro animales anteriormente mencionados pero aún muy insuficientemente descritos y que tendrán tan importante desempeño en esta historia de un amor como no hay otro igual, felizmente.[1]

1. Este *felizmente* es mío. No pertenece, pues, a la letra de aquel bolero inmortal.

Por eso, también, y porque estábamos tan cansados al cabo de horas y horas de viaje y aeropuertos y escalas y cuatro animales vacunadísimos, debo reconocer que nunca actuamos con tanto tacto como cuando decidimos dejar sin abrir íntegro el equipaje (menos la maleta que contenía el hilo de España), en la mitad equidistante del corredor que separaba el dormitorio de Genoveva y/o del dormitorio de Genoveva y/o, hasta que sólo quedáramos dos pero sin excluir a nadie o/y.

Y así, durante los primeros días, Sandwich y Kong durmieron en un cuarto, Ramos y Lorita en el otro, y nosotros seguíamos durmiendo en la sala con un tacto que ustedes no pueden imaginarse y unos chaparrones que ustedes tampoco pueden imaginarse y que un día duraron mañana, tarde y noche, perdiendo de esta manera su calidad chaparrona para convertirse en las torrenciales lluvias de que hablaban los periódicos, hasta que los periódicos dejaron de llegar y se produjo el aislamiento y se vino abajo la casa de la familia Temple, linda casa, toda construida sobre pilares y ahí ya ni Noé arreglaba las cosas y nosotros que, con gran tacto, a duras penas habíamos sacado jabón, toallas, lo de los dientes, y los frascos d'*Eau sauvage* de Bastioncito, nosotros, sí, nosotros, que nos queremos tanto, debemos separarnos, no me preguntes más...

Esto último era letra de música de fondo, pero en la radio y de pura, purita coincidencia, no vayan a creer que era yo, hasta que se cortó la radio y ni Noé, ya les decía. Nosotros, siempre nosotros, los tres y los cuatro animales que habíamos viajado hasta el Perú para disfrutar tanto del mar y el sol y las estrellas. Y también, por supuesto, de las famosas puestas de sol en el paraíso de Colán, los tres y los cuatro animales empezamos a ponernos un poquito nerviosos porque Eusebia –no tardo en decirles quién es Eusebia–, porque Eusebia, les decía, no regresó un día del mercadillo con el hígado para Sandwich y el medio kilo que quedaba de

17

ayer no era suficiente y a mí también me encantaba el hígado, hoy lo detesto, lo juro, y al día siguiente Eusebia tampoco pudo regresar del mercadillo ni de su casa...

Bueno, le toca a Eusebia. Eusebia era la empleada que habíamos contratado por recomendación de mi familia, en Lima, que tenía las mejores referencias de este pimpollo del pueblo norperuano, en quien yo vi, ingenuo de mí, el descubrimiento de la carne a través del pueblo, por Bastioncito, ya que la mulata del hígado era un lomazo, de mamey, era, y qué andares, Dios mío, así de medio la'o, tomándose un hela'o, y qué cantares, Virgen Santa, qué filin, qué *singing in the rain*, ay mamá Inés.

Bastioncito, sin embargo, nada. Nada pero lo que se dice nada. Y en cambio cada vez más mamá por aquí y mamá por allá. Y con menos tacto cada vez. Lo mataría, lo mato, ¡ah!, si pudiera matarlo sin matarlo todo. Y Bastioncito menos y menos tacto, todavía. Y a cada rato, y otra vez, mierda, lo estrangulo. Y Bastioncito, *pero* Bastioncito, más y más del otro tacto, en cambio, dale y dale con ese tacto tan sen-xual que en él era como un poquito baboso, muy Sebito, digamos. Y no me digas tú ahora, Genoveva, que estoy maltratando al metro ochenta y tantos, porque si lo hubiera deseado, de entrada le pongo Sebito y no Bastioncito, para mayor deleite de mis futuros lectores cuando se lo tengan que tragar baboso a lo largo de toda esta historia y lo odien también por lo de la celulitis y el tiple, que según la Real Academia es la más aguda de las voces humanas. Y a su edad, figúrense ustedes.

Pero no debo adelantarme a los acontecimientos, porque de momento seguíamos en la sala y tardando todo lo posible en abrir las maletas. Kong, por su parte, fue el que más feliz se puso cuando Eusebia regresó con impresionante neorrealismo italiano en el vestir bajo la lluvia. La ve Vittorio de Sica y hay película, les aseguro. Si hasta yo me fijé mucho. Yo, que aún no había sido declarado culpable de las lluvias torrenciales. Claro que no me fijé ni gocé tanto como el mono, pero la verdad es que Eusebia regresó simple y llanamente acentuada. La naturaleza empapada realmente había hecho hincapié en ella, pero, una vez más, Bastioncito mamá por aquí y mamá por allá, y en cambio Kong, no pueden imaginarse ustedes el frenesí masturbatorio en que entró Kong ni el espanto a gritos de Lorita, ante semejante espectáculo:

—¡Indecente, Kong! ¡Inmundo, Kong! ¡Indecente, Kong! ¡Bestia, animal, Kong!

Eusebia, que además de irse acentuando peligrosamente, a medida que pasaban los días, resultó ser una joya, una muchacha realmente llena de tacto, abría y bajaba los ojos, y yo estaba a punto de decirle no le haga usted el menor caso al mono, Eusebia, cuando Bastioncito se me adelantó con la siguiente perla:

—Ahora va usted a ver lo que es la vida en familia, Eusebia.

Era la segunda vez que lanzaba esta canallada en lo que iba del viaje.

La primera vez fue en Madrid y, no bien Genoveva y Bastianito soltaron tremenda risotada, *me* soltaron tremenda risotada, para ser más exacto, Lorita se incorporó al dúo, y nada menos que en calidad de primera voz. Cómo se carcajeaba la lora de mierda en su jaula de oro, heredada como las sábanas, para ser más exacto, también, mientras yo, a buen entendedor pocas carcajadas, me incorporaba cuarteto al trío, que no llegó a ser septeto porque Sandwich, Ramos y Kong venían en el taxi de atrás con Paquita, la Eusebia española, quien, como la Eusebia peruana, tenía que saber estar en su sitio, o sea reírse sólo en la cocina, lugar donde, muy probablemente, todas las Eusebias del mundo hubieran deseado matarnos o, por cosas del desempleo, sólo que les llegara muy pronto su mes de vacaciones, Dios mío, qué casa la que me ha tocado.

Total, pues, que Paquita no se hubiera reído porque,

además, el señorito venido de París pronto iba a ser de la familia, si es que, pero en la cocina no se piensa ni siquiera si es que, porque doña Genoveva, mi señora, tiene una foto dedicada por el Rey en la sala, y porque el señorito venido de París es peruano y de inca sí que algo tiene en el acento y en lo feo que es, Dios mío, cómo habrá sido don Felipe Carrillo con sus plumas allá en las colonias, que les llaman, Dios mío, qué casa la que me ha tocado.

Total, pues, que Paquita, que no se hubiera reído, venía siguiéndonos con el exceso de equipaje y con Ramos que sí se hubiera reído, ladrada, eléctrica, nerviosa y meaditamente, lo cual habría incitado a Sandwich a hacerlo también, destrozando con sus uñas orientales, íntegro un asiento del taxi y al taxista también, si ladraba, y el muy asqueroso de Kong habría completado el septeto masturbándose de risa. Y todo esto porque Lorita, que acompañaba a Bastioncito en sus estudios secundarios, lo primero que gritó, no bien partieron ambos taxis rumbo al aeropuerto CON IBERIA YA HABRÍA LLEGADO, fue:

–¡Muera el Perú, carajo!

Era un golpe bajo, bajísimo, para ser más exacto, porque yo andaba sinceramente emocionado y todo. Lora de mierda. Y ustedes, ¿por qué demonios le hacen caso? Claro, no dije ni pío, porque Lorita, con sus estudios secundarios, habría sido muy capaz de mandarme al taxi de Paquita con mis pío pío y los demás animales, y porque era nuestra última oportunidad, también, carajo, no empecemos otra vez, ¿no se dan cuenta? Y así los miré: con esa cara de ni pío y un poquito, eso sí, no hay que mentir, pero sólo un poquito de ¡Viva el Perú, carajo!

–Ahora vas a ver lo que es la vida en familia, Felipe Carrillo –comentó Bastioncito.

Total, pues, que ésa fue la primera vez en lo que iba del viaje. O sea en el primer kilómetro. En el primer kilómetro de esta música de fondo, para ser más exacto.

CAPÍTULO II

La verdad, acabo de decidir que no habrá capítulo primero en este libro. ¿Para qué? Basta con esa música de fondo que llevamos ya un buen rato escuchando y que nos acompañará muy a menudo, como agazapada detrás de este relato. Y no, no es que pretenda introducir una sola gota de novela experimental en esta historia. Me sobra con lo experimental que fue mi vida desde que conocí a Genoveva, a Bastioncito, y a Eusebia, sobre todo. Además, fíjense ustedes, yo no logro creer en los libros experimentales, con capítulos prescindibles e imprescindibles, por ejemplo, como *Rayuela*, porque cuando son excelentes, como *Rayuela*, por ejemplo, no sólo se convierten en clásicos modernos sino que, por añadidura, los lectores se leen los capítulos imprescindibles y los prescindibles y, hasta en casos tan ingenuos como el mío, que no aprendo nunca, se releen los prescindibles una y otra vez para ver qué demonios pueden tener para que su autor los haya colocado en un segundo plano, por así decir, prescindible, siendo tan buenos como los del primer plano imprescindible. Y, por último, ¿qué le pasa a uno, como me pasó a mí, cuando un capítulo prescindible le gusta muchísimo más que uno imprescindible y etc.? ¿Valium?

No vayan a creer, tampoco, que estoy tratando de ocul-

21

tarles algo para crear un mayor clima de tensión o prepararlos para un final inesperado y sorprendente, por ser ésta la historia de un peligrosísimo experimento, o sea el de un trío *à trois* del cual sólo debe quedar un dúo pero sin excluir a nadie, y de tal manera, por añadidura de cuatro animales, que el septeto logre funcionar con tres primeras voces, mientras que Lorita, Sandwich, Ramos y Kong desempeñan un papel tan importante como el coro griego en el *Edipo Rey* de Sófocles, célebre precursor de Sigmund Freud, el siglo XX y Bastioncito, pero sin olvidar por ello a Eusebia, que tenía que saber estar en su sitio prescindible, con lo imprescindible que estaba la norperuana, con lo sexy, con lo neorrealista, con lo cinematográficamente bien que le quedaba aquel inolvidable Fenómeno del Niño...

(Gracias, Eusebia, te debo tanto desahogo durante aquel diluvio, la vida también te la debo, gracias, pero muchas gracias, por haberme dado toda tu ternura, todo tu querer, gracias, pero muchas gracias, por besar mis labios, con tus labios rojos, que saben a miel.)

... No, por favor no vayan a creer que siendo todo esto así o asá, yo he querido suprimir un capítulo para añadir suspense del tipo novela policial con impermeable, por ejemplo. Eso sería, además de todo, caer en realismo socialista para embellecer la realidad de los acontecimientos. Que quede muy claro: el Fenómeno del Niño que yo presencié, empapado y en 1983, se dio mientras el Perú vivía años de régimen democrático, ancho y ajeno, y siglos de subdesarrollo también ancho pero en carne viva.

Un detalle más, en lo policial con impermeable. Si hay algo que no puedo es mantenerle oculto al lector, con eso de que el asesino anda oculto, un dato que ya tengo anotado en un papelito, para luego ponérselo al final de la novela. El género policial me encanta, pero a mí nunca me quedaron bien los impermeables, y eso debe haber influido en mi temperamento tan profundamente que, no bien empiezo a contar una historia, suelto un ya mataron a la princesa, por ejemplo. Y cómo y por qué, también.

La verdad es que, de arranque, ya no me queda prácticamente nada que contar, pero tampoco me queda más remedio que seguir contando, contando para ello con la ayuda de Dios todopoderoso y Laurence Sterne, creador fabuloso de la *Vida y opiniones del caballero Tristram Shandy*, rey de la digresión y de la confianza en la ayuda divina, que muy seriamente llegó a calificar de religioso su método de trabajo, porque él sólo escribía la primera frase de sus libros y el resto se lo confiaba a la ayuda, por demás excelente, de Dios todopoderoso. En mi caso, todo esto funciona tanto así que, al primer automóvil que compré y estrellé en mi vida, lo primerito que hice fue pintarle con tremendas letrazas, para que todo el mundo viera, DIOS ES MI COPILOTO, y me salvé de milagro, como siempre, Dios es testigo, porque yo iba solo, felizmente.

Dios, mi copiloto, también es testigo de nuestra partida y llegada a Colán, inmensa playa peruana, a punto de ser arrasada por el Fenómeno del Niño. Recuerden, Sebastián, alias Bastioncito, Bastianito Ito, y otros maternales apodos como Miplatanito, que no se pueden contar por pudor a Genoveva, o sea por un mínimo de respeto a la realidad; Sebastián, repito, para que vean, no sólo anda suelto desde la primera página sino que, además, más suelta no puede tener ya la lengua desde que tomamos el taxi rumbo al aeropuerto de Madrid, CON IBERIA YA. Y en complicidad con Lorita, para que vean también, y porque los demás animales iban en otro taxi con Paquita y el exceso de equipaje heredado, para que vean también Sebastián y Genoveva. No se trata de ocultar nada, pues. Nada de nada a nadie. Todo lo contrario. Porque lo que yo quiero es que a estas alturas del partido todo el mundo esté odiando al de los alias impronunciables por pudor a su madre, no a él.

Nada de ocultarle detalles al lector para vender el producto. Intentarlo sería inútil, además, porque a Bastianito Ito no lo compran ni regalado. Nada tampoco de ser mínimamente experimental o de dejar lazos sueltos por ahí para que cada lector, con eso tan moderno de que cada libro es tantos libros cuantos lectores tiene, saque sus propias conclusiones, ate sus propios cabos, etc. Bastioncito vivo o muerto: de eso se trata aquí.

Y, sin embargo, Genoveva... El sufrimiento de Edipo... Edipo Rey, alias Bastioncito, Bastianito Ito... Ellos dos conversando mientras yo acariciaba pacíficamente a Ramos y todo se podía arreglar y los tres deseábamos que todo se pudiera arreglar y que todo, todo, no fuera más que maldad de la gente que intentaba separarnos, en Madrid, por celos, por envidia, por qué demonios sería la gente así... Mi Genoveva de Brabante, como yo la llamaba en los grandes momentos, y la forma tan especial, diferente, en que Sebastián y yo nos saludábamos, como nadie se saluda en España, cada vez que yo llegaba de Francia... Genoveva... Sebastián... Genoveva y Sebastián... ¿Acaso no los quise tanto? ¿No le regalé a él, no bien dijo un día que quería ser bibliófilo, el libro más incunable, o mejor dicho, en honor a la verdad, el único libro incunable de mi inexistente colección de libros valiosísimos...?

Y ella... Ella que, desde el primer día, me llamó Felipe Carrillo, para diferenciarme de cualquier otro Felipe, como si yo fuera único, como si ni Felipe González, siquiera... Ella, el día en que le pregunté si también me habría llamado Juan Carlos Carrillo, temblando de celos. ¿Acaso no adoraba la foto dedicada por su Rey tan querido, tremenda fotazo enmarcada de lujo, coronando la sala? Yo pedía demasiado, sin duda, pero Genoveva, tras haber contemplado unos instantes, para mí eternos, dedicatoria y foto, como que recibió la autorización, porque con ligera, sobria y monárquica venia, se despidió de su Rey y volteó feliz a mirarme y decirme que sí, que sí me habría llamado Juan Carlos Carrillo.

24

Pero Sebastián no pudo con tanto y se despidió con su habitual portazo, nos castigó con su habitual encierro en el cuarto de la música, y nos hizo vivir su odio con su furibundo par de horas del rock más duro, a todo volumen. Algo que siempre le agradeceré es que me puso al día en materia de rock duro. Lo peor, sin embargo, venía al cabo de esas dos horas, porque el pobre ya no aguantaba más. Empezaba a golpear frenéticamente la pared, y entonces la pobre Genoveva tampoco aguantaba ya más e intentaba incorporarse, correr a abrazarlo, a comérselo a besos. Ahí es cuando intervenía yo, pedagogo, bien intencionado, y descargando adrenalina como loco. Total que le retorcía ambas muñecas a Genoveva y la mantenía bien sentadita a mi lado, besándola mucho al mismo tiempo, porque la verdad es que había que apretarla como camisa de fuerza, mientras ella, orgullosa, altiva, y descendiente directa o indirecta, no de uno de los cuatro grandes de España, mas sí de uno de los cuatrocientos mil medianos, lo cual también pesa en España, clavaba sus ojos en el enorme cuadro de Felipe II, que también coronaba la sala enmarcado de lujo, y soportaba de esta manera el suplicio que le significaba lo de Bastianito Ito, más el que le estaba aplicando yo, hasta que por fin me desarmaba completamente con la más grande prueba de amor que he recibido en España:

–Felipe II es el rey que más he querido en mi vida, pero aun durante su reinado te habría llamado Felipe Carrillo.

La esponja la arrojaba yo ipso facto, y hasta la acompañaba a arrojarse en brazos de Bastianito, a quien yo lograba abrazar y besar una media hora después, o sea no bien terminaba Genoveva. Y la paz habría vuelto a mi futuro y tan anhelado hogar, pero ya era muy tarde: Sebastián se había puesto íntegra su indumentaria punk, se nos había acicalado punk, también, y lo sentía tanto pero la manifestación ácrata lo esperaba en la primera fila del peligro. No, no se podía quedar, le hubiera gustado muchísimo quedarse con nosotros, te lo juro, mamá, pero la democracia es una farsa de mierda para cretinos como ¡túuuuuuu, mamá! Nos mandaba otro portazo, uno punk esta vez, en los bajos le gritaba ¡esclavo! al portero, subía nuevamente para recordarnos que a las diez le tocaba su hígado a Sandwich, a las once el paseíto meativo a Ramos, y que por nada del mundo dejáramos estas cosas en manos de la hija de puta de Paquita, que era cuando yo le paraba el carro, apretándole nuevamente ambas muñecas a Genoveva y feroz:

–Ojalá no dure mucho tu manifestación, so cojudo, porque Genoveva y yo pensamos casarnos esta noche y nos encantaría que asistieras.

El silencio de Bastianito Ito era atroz, mirándonos ahí, desarmado, terriblemente desolado. Y ni hablar del silencio de Genoveva, desarmada, ferozmente desgarrada. El penúltimo silencio era el mío, el último el de Bastianito Ito al cerrar la puerta, realmente como si no hubiera puerta ni cerradura ni nada, y tanta paz la interrumpía Lorita, desde la repostería, gritándole ¡esclavo! al portero, en el preciso instante en que el niño del tercero derecha pasaba disculpándose con voz de seda, y rumbo al cine, también con voz de seda.

Genoveva arreglaba a propinazos aquellos detalles del portero, y yo nunca supe de tantas manifestaciones ácratas en el mundo entero como en épocas de Bastioncito. Y hasta creí que las había, al principio, porque no bien le soltaba las muñecas a Genoveva, salía disparada a encender Radio Reloj, en su radio, Radio Cadena, en la de Bastioncito, Radio Nacional, en la de Paquita, y dos canales de televisión, también, y todo al mismo tiempo. Sin embargo, las peores noticias las dio siempre Lorita:

–¡Murió! ¡Murió y ya lo llevan a enterrar! ¡Iba en la primera fila y cayó a la primera descarga! ¡Al suelo llegó muerto!

Lo increíble es que ni siquiera la educación secundaria de Lorita calmaba a Genoveva. Todo lo contrario: como si fuera supersticiosa, se creía una tras otra y al pie de la letra las palabras de Lorita. Una tras otra, lo juro. Y cuando yo, harto ya de tanta huevada, le aplicaba a muerte el torniquete muñequita linda, la muy necia lo más que confesaba era que Lorita nos había soltado tremenda premonición, porque los animales, a veces, tú sabes que avisan, Felipe Carrillo.

Y Felipe Carrillo, por hacer algo, bajaba donde el portero, le ponía su mejor cara de propinota, y le pedía por favor, de parte de la señora, que no borrara la inmensa A de ácrata que, lleno de audacia, corriéndose tremendo riesgo, había pintado el joven Sebastián, con su circunferencia y todo, en el portal de doña Mercedes de Alatorre, madrina de Bastia... perdone, madrina del joven Sebastián, con quien doña Genoveva ha llegado ya a un acuerdo sobre tan desagradable asunto, y viuda del general que en paz descanse desde el más cobarde e imperdonable atentado.

–El Barrio de Salamanca va perdiendo su fisonomía –se entristecía Ramón, el portero, comprometiéndose, como siempre, a no borrar el dibujito al spray del joven, hasta que no regresara a casa–. Es triste comprobar cómo un barrio va perdiendo su fisonomía –se entristecía más y se encolerizaba el portero, porque el hijo de doña Genoveva enmendará, pero otros... Otros en cambio se desvían más y un día amanecen asesinos.

Ahí cortaba yo por lo sano, despidiéndome cortésmente, tras haberle entregado la propinota, y corría a decirle a Genoveva que todo estaba en orden, y el ridículo asegurado, una vez más, porque el barrio entero respetaba ya los dibujitos de Sebastián y compadecía a esa pobre mujer, su madre. Una vecina incluso sugirió dejarlos ahí para siempre, porque siendo de Bastioncito, a nadie podían quitarle el sueño, y en cambio lo que debe gastar esa pobre mujer en sprays.

Pero el colmo fue que un día bajé al café Roma en busca de cigarrillos, y descubrí a Bastioncito obnubilado con una

27

manifestación ácrata, la única que en efecto tuvo lugar estando yo en Madrid. Ahí andaba sentadito, tomándose una coca-cola, y realmente prendido del televisor, pero sin la cara de fiera que había dejado a Genoveva prendida también a su televisor. No me vio, felizmente, y salí disparado con los cigarrillos y tan excelente noticia.

La de Brabante estuvo a punto de soltarme un Felipe a secas, por haberle descubierto una verdad más sobre su hijo, y la milésima verdad más sobre ella y su hijo.

–Pero si lo que yo quiero, Ge...

–Lo estoy educando muy mal, Felipe Carrillo.

–Y él a ti, mi amor. La cosa es mutua, mutua y enferma.

–Te ruego no ir tan lejos, Felipe Carrillo.

–Pero, mi amor, es más que evidente que algo se pudre en el reino...

No me dejó terminar, la condenada. Me olvidó por el televisor. Me olvidó por completo y ahí se estuvo horas siguiendo paso a paso el resto de la manifestación. Lo demás, lo adiviné fácilmente, Sebastián llegaría más punk que nunca, la entrada sería triunfal, el golpe recibido, nada, nada en comparación con la pedrada que él... Sí, sí, Genoveva lo había visto todo, quería frotarle su cabecita al héroe, prometiéndole además no derrumbarle ni un pelo lo punk del peinado, lo rebelde, lo feroz, lo rock duro y lo salvaje. Y comerían también juntos en su dormitorio punki. Y ella no comería si él tampoco tenía hambre, porque ella tampoco tendría hambre si él tampoco tenía hambre. Y su hermana mayor al demonio porque se juntaba con hijas de fachas. Y felizmente que no había tenido más hermanos. Y felizmente que ella no había tenido más hijas. Más hijos, sobre todo, Bastianito Ito.

Lo mío era un adivinar constante en mi bola de cristal. Y es que ahí los dos repetían palabra a palabra todo lo que yo iba adivinando. Al final, claro, se me oscureció la bola, porque se metieron abrazaditos al dormitorio punki de Sebastián El Terrible, y entonces lo que se escuchaba eran unos valses vieneses que acompañaban la ceremonia del masaje en la cabeza, que, en realidad, era la ceremonia del masajito en la espalda, porque Genoveva, para no arruinarle lo punk del pelo, le frotaba desde el cuello hasta el culito mientras yo compartía un buen trozo de hígado con Sandwich, en la cocina, un enorme trozo de silencio con Paquita, y a las once en punto bajaba con Ramos y lo veía pegar meadita tras meadita, algo nervioso, sin duda, pero ya nos iremos acostumbrando, Ramos, tú y yo tenemos que empezar a querernos, ¿sabes?

Ramos era un perrito tan enano y eléctrico como carísimo y alemán. Pero con toda su prosapia, con todo ese pasado de gloriosas peleas con enormes perros que terminaban siempre huyendo despavoridos, y que, no sé por qué, aunque lo adivino, se rindieron en masa no bien yo puse un pie en aquel enorme departamento sombrío y marrón (caro, de lujo, amoblado con el mejor gusto y la más elegante sobriedad, y, a pesar de todo, aun en verano, sombrío y marrón), Ramos, decía, como que no llegaba a convencerme, caninamente hablando. Algo le fallaba, con todo lo pedigrí y alemán que era, y con todo lo que a mí me gustan los perros. A veces, incluso, tenía que concentrarme y repetirme que Ramos era un perro, para lograr acariciarlo y jugar con él como a mí me gusta hacerlo con cualquier perro. Como el departamento, era carísimo y de cinco estrellas, y por más diminuto que fuera tampoco se podía negar la diminuta esbeltez del gran Ramos. Hasta que, por fin, un día adiviné. Era eso, ¡claro!, ¡eso mismo!, Ramos era un bicho, eso no era un animal, eso era un bicho eléctrico con cara de insecto y ojos de sapo enano. Y cuando se ponía eléctrico de nervios con sus gotitas de pis en las enormes alfombras marrones, más bicho no podía estar. ¡Ya está! ¡Lo mataría! ¡Lo mataría!

A otro que mataría era a Bastioncito. Y también mataría a Genoveva, aunque a ella sólo de vez en cuando. El proble-

29

ma, claro, era a cuál matar primero, porque yo, por esa época, confieso que en el fondo realmente los quería y deseaba ayudarlos porque me moría de ganas de ayudarme a mí mismo. Y también ellos, muy a menudo, intentaban ayudarse mutuamente, para luego, ya ayudados, poderme ayudar a mí, que tenía mis días, días en los que incluso me invitaban a la ceremonia del vals vienés y me daban una pieza sí y una no en la agenda de una Genoveva inolvidablemente freudiana, lo cual en nada interrumpía tan maravillosos momentos vieneses porque resultaba tan conmovedor que Sigmund Freud fuera nada menos que el creador de la Escuela de Viena.

No lo decíamos, claro, porque esas cosas no se dicen, se sienten, se sienten y disfrutan como nosotros disfrutábamos nerviosísimos con el próximo vals de Strauss, el que me tocaba a mí, joven Werther, cuando me tocaba el papel del joven Werther y Goethe nos sublimaba con su pluma, como si fuera Freud o vienés, y Genoveva era Lotte y Bastioncito era el esposo de esa mujer de corazón vals y segunda mitad del siglo XVIII en la verde Alemania y se llamaba Albert y al igual que Lotte se preocupaba tanto por mi futuro suicidio, que siempre impedían en el último instante con un nuevo vals en el que yo era Albert, te toca a ti, Felipe Carrillo.

Pero entonces Bastioncito se transformaba rápidamente en Bastianito Ito y los peores alias, los del pudor y eso, porque cuando débil, desafortunado, y al borde del suicidio, él nunca se llamaba Bastioncito sino Bastianito Ito, etc., etc., y porque ahí, vieneses los tres en el dormitorio punki, el muy cretino ya estaba desgarrando las vestiduras del sumamente desafortunado Werther, temblando todito ante el abismo de su amor por Lotte, una pasión imposible porque para algo existía Albert, alias Felipe Carrillo. No se imaginan ustedes la cantidad de atuendos punk que logró desgarrar este joven Werther. Siempre era él quien rompía el encanto y Genoveva abandonaba inmediatamente Viena y yo tiraba un portazo, gritándoles:

–¡Ustedes, de vieneses, tienen lo que yo de suizo! Y me alejaba soltando, completamente suizo y reloj, mis cú-cu cú-cu cú-cu. No, si ahí cualquiera podía volver a la normalidad y pensar, en cambio, que era un anormal. Porque ya lo habían contagiado a uno, Viena se le había metido a uno en el alma con vals, Escuela de Viena y todo. ¡Púchica diegos! Había que ver, porque todo ahí era increíble, y eso que falta lo peor. Cosas, por ejemplo, como las de la novena... sí, creo que fue la novena manifestación ácrata a la que partió el gran Sebastián. No voy a contar cómo partió, porque un síntoma de esta enfermedad consiste precisamente en que parten siempre igualito que la vez pasada. Lorita podía agregar alguna novedad y Ramos ponerse más eléctrico que nunca, pero, en fin, todo sucedía como la vez anterior. Pero la variante de esta nueva manifestación sí que fue grave. Yo andaba tranquilísimo, pensando que con lo de la última vez, la de los cigarrillos y el valiente puta de Bastioncito sentado ante el televisor del café Roma, Genoveva habría recuperado la tranquilidad, pero en cambio lo que había perdido por completo era la cabeza.

Pues bien, me mandó en busca de cigarrillos y le dije que ya tenía. Me dijo que tuviera más y le hice saber que tenía todo un cartón en la mesa de noche. Quiso empezar a fumar, entonces, y bueno, le ofrecí uno de los míos. No, me dijo, tú fumas negros y yo prefiero probar los rubios, primero. Bueno, le dije, pero antes prueba un negro, a lo mejor te gustan, mi amor. Me apetece un rubio, Felipe Carrillo...

–Genoveva –la interrumpí–: ¿cómo demonios puedes saber que te provoca un negro y no un rubio, si en tu vida has fumado?

–No sé, Felipe Carrillo, no sé, pero bueno, es... es un antojo; sí, eso: un antojo. A lo mejor estoy embarazada, Felipe Carrillo...

–Genoveva, pero si tú me juraste que tomabas la *pilule*...

–Sí la tomo, mi amor, pero ponte en el caso: con lo distraída que soy, a lo mejor me he olvidado de tomarla algunos días.

–No exageres, Genoveva, por favor: bien sabes que, además de tu *pilule*, yo tomo mis preservativos. ¿Recuerdas que nuestra primera gran decisión, en el duro combate por la felicidad compartida con tu hijo, fue que no podíamos exponernos a tener otro por temor a la bastianitis?

–No seas duro conmigo, Felipe Carrillo.

–¿Por lo de la bastianitis o por lo de los rubios?

–Por las dos cosas, Felipe Carrillo.

Total que bajé por las dos cosas. Y que seguí bajando por las dos cosas, y que hasta hoy seguiría bajando por las dos cosas, de no ser por el día aquel en que también bajé por las dos cosas pero con fuga. Digamos, para simplificar, que en la casa de Colán, bajo el diluvio, se quedaron los cigarrillos rubios, empapados, sin duda, por las goteras, como todo lo demás, y se quedó también la bastianitis, cuya manifestación ácrata, al no haber manifestaciones ácratas en Colán, desde que el acratismo apareció en el mundo, consistía en la terrible amenaza de bañarse en el maremoto, no bien el mar pasara de bravísimo a maretazo y de ahí a maremoto. Bastioncito se ponía la ropa de baño con anticipación y todo, y Genoveva dale a arrancársela, a tratar por lo menos, porque ahí lo que realmente arrancaba era todito el asunto del vals vienés, para el cual habíamos tomado las debidas precauciones en tocacassettes.

Pero entonces hacía días que tú, Eusebia, me habías acostumbrado riquísimo, para desesperación de Kong. Sí, Eusebia: Tú me acostumbraste, a todas esas cosas, y tú me enseñaste, que son maravillosas. Sutil llegaste a mí, como la tentación, llenando de ansiedad mi corazón... Y Eusebia seguía, porque era de origen campesino sin tierras, aun después de la reforma agraria. Sí, por eso era ella la que seguía riquísimo, ahí en la cocina: Yo no comprendía, cómo se quería, en tu mundo raro, y por ti aprendí...

Ahí la interrumpía yo, porque después en ese bolero se habla de un abandono y más cosas así de tristes y yo a ella no la iba a dejar y más bien temía que ella me dejara a mí. Ella, tú, Eusebia, tú que como buena mulata y costeña adorabas los célebres tristes con fuga de tondero y eran maravillosas las fugas que te mandabas bajo las goteras de la cocina. Tan alegre y sabroso era verte menear tu animadísimo tondero, vulgo culo, como decía mi padre, que yo decía me fugo pero en voz muy bajita para que no se lo fuera a aprender Lorita, la muy hija de puta cómo nos espiaba, ¿te acuerdas, Euse? Tú, lavando plato tras plato con agua de las goteras, que bastaba y sobraba, y además ya hasta las cañerías se hundían, se rompían, se bloqueaban, mientras los vieneses como que deseaban naufragar así y se pasaban horas peleando con la cantaleta esa de que yo te salvaré la vida a ti, mamá, no, yo a ti, Bastianito Ito.

–Mamá, si sigues en ese plan, me pongo la ropa de baño para maremoto.

Vistos así, de lejos, hasta eran admirables, ¿no, Euse? ¿No te parece que debí quedarme, al menos para tener la certeza de que no murieran de incesto? Piensa en su familia, allá en España... La pobre María Cristina, la hija mayor de Genoveva... Huérfana de madre y nosotros tan felices aquí en Querecotillo y la hacienda Montenegro.

–De tres cosas tienes que convencerte, Flaco: O se arrojaron al maretazo con el que tanto soñaban para salvarse el uno al otro, y ya se ahogaron los dos por tratar de salvar cada uno al otro primero; o lograron abrir los ojos a tiempo y llegar a Piura; o se los tragó el mar, primero, y la tierra, después, porque esta mañana, en la tienda, doña Etelvina me contó que había oído la radio, de madrugada, y que el locutor dijo que de Colán no ha quedado ni el sol de su fama...

–¿El sol?

–Según doña Etelvina, el locutor dijo, *testamento*...

–Textualmente, mi amor.

–Ya me irás enseñando, Felipe. Pero lo que el locutor dijo, así como tú dices y yo todavía no sé decir, fue que no se había vuelto a tener noticias del sol que hizo tan famoso a Colán. Ni tampoco de la luna que le dio su fama a Paita.

–No puede ser, Negra...

–Te puedo yo jurar ante un altar, Felipe.

Ya yo venía sintiendo algo delicioso en las palabras de Eusebia, en cada frase suya, pero sólo cuando me las dijo acompañadas de unas cuantas palabras de bolero me di cuenta. Por primera vez en siglos, alguien me había llamado Felipe. Sí, Felipe, deliciosamente Felipe a secas. Con eso, con un detalle como ése, Eusebia, sin sospecharlo siquiera, se había acercado a mí como nunca. Lo que es la vida. Me arrojé sobre ella, como quien se arroja sobre una persona que lo ha detenido para siempre en... en... Digamos que en Querecotillo y en la hacienda Montenegro, por ahora. Pero el pueblo es lo más jodido que pueden ustedes imaginarse, y por primera vez Eusebia me rechazó.

–¿Qué pasó, Negrita?

–Te olvidaste de las sábanas de hilo, Flaco.

–¡De qué!

–De las sábanas de la señora, Flaquito. No te me hagas el loco.

–A la mierda con las sábanas, Negra. O se las llevaron o no pudieron llevárselas. Y en este caso deben andar flotando en el maremoto.

–Dos cosas, Felipe, para que veas con quién te has junta'o...

–Arrejunta'o, Negra; me encanta cuando la gente dice arrejunta'o...

–No sigas haciéndote el loco, Felipe, y para bien la oreja. Dos cosas: La primera, una palabra que *yo* te voy a enseñar. Debe ser la única, pero por eso me da a mí más gusto, para que veas. Se dice maretazo y no maremoto.

Me reí, mientras la abrazaba. Me reí mucho, muchísimo.

–Guá... O sea que el señor sí se ríe cuando es una la que le enseña una palabrota.

–Maretazo no es una palabrota, Negra.

–Para mí sí, porque es muy difícil de decir.

Eusebia, Euse, mi negra: al hablar le soltaba a uno cosas tan graciosas que desde entonces la llamé siempre Verbigracia, para mis adentros... Y sentí ganas de besarla, de reírme muchísimo más, pero en cambio la abracé con toda mi alma. La palabra *palabrota* quedó para otro día, y empecé a besarla.

–Espera, Flaquito, que no he termina'o.

–Negra... Llámame siempre Felipe, por favor.

–Mira, Felipe, yo no podía dejar las sábanas allá, con tanto aguacero. Además, el muy baboso del Bastioncito andaba dale que dale el día entero con que eran de hilo de España y no sé cuántas cosas más: que si la arena las iba a ensuciar, que si con el barro se iban a podrir. Total que me las traje con todo lo tuyo, sin que tú te dieras cuenta. Allá ellos tienen las de la casa, y además tú me dijiste que te tocaba cargarlas en el reparto del equipaje. Bueno, yo sólo quería decirte que las colgué detrás de la casa hacienda. El señor Eduardo Pipipo me dijo que las pusiera ahí.

–Negra de mi alma, el señor no se llama ni señor ni Eduardo Pipipo. Para mí, como para ti, y para bien la oreja, tú, ahora, se llama Eduardo Houghton, y es como mi hermano desde que estudiamos juntos. Pipipo es un apodo que le pusimos en el colegio.

–Feo, ¿no?

–Bueno, cariñoso, más bien. Pero si no te gusta, puedes decirle Matador. Como a un matador de toros, porque mataba a las hembritas con sólo mirarlas, tremendo marabunta era ese mátalas callando. Ése también es un apodo del colegio. Pero lo más importante, es que se llama Eduardo Houghton y nos ha salvado con su helicóptero.

–¿Y de lo otro, de las sábanas, qué?

–Para nosotros, pues, Euse. Son riquísimas y por fin las voy a poder estrenar en paz.

–Yo, en lo que tocó esa mujer, no duermo. Eso sí que no. Yo, sobre esas sábanas no me echo ni de a caihuas. Y sólo una promesa te quiero arrancar, Felipe: que se las mandes por correo cuando vuelvan a construir el correo.

–Mira, Negra, a mí me encantaría decirles que sobre sus finísimas sábanas de hilo puro, duermen hoy su ex cocinera y un servidor muy bien servido, por fin...

–Déjate ya de tonterías, Felipe, y dime de una vez lo que piensas hacer con las malditas sábanas esas. Porque lo que es yo...

–Hablando en serio, Euse, primero averiguo si lograron regresar a España y después le escribo a ella. Porque alguna explicación le debo...

–Explicación su madre, Felipe.

–Bueno, sólo un par de líneas explicándole que, por razones de fuerza mayor, desastre natural, y catástrofe nacional, sus sábanas heredadas y zurcidas –esto se lo pondré sólo por joder un poco–, se las tragó un furibundo Neptuno.

–Con todas esas palabrotas sí que la convences, Flaquito.

–Déjame que te cuente, limeña...

–De Sullana y a mucha honra, como tu amigo don Eduardo.

–Mi amigo Eduardo o mi hermano Pipipo, Negra, no te olvides. Nada de *don* Eduardo.

–Pues le diré Matador.

–Eso sí que le encantará.

–Más encantada estaría yo si devolvieras esas sábanas de mierda.

–Ésa sí que es una palabrota, Euse.

–Miéchica, me se escapó. Y a la señora del Matador...

–Jeanine, o la Gringa, en todo caso...

–Pues nada le gustan a ella mis palabrotas, como tú las

llamas. Sólo las suyas. Porque ni te creas, ella también usa sus lisurotas, pero a las mías les hace unos feos así, de este tamaño.

Como verán, nadie, nunca, ha expresado con mayor sutileza, con tal sentido de matiz, e ignorándolo completamente, lo que es un problema de clases. Y esto, tal vez, porque Eusebia vino al mundo en Querecotillo, un pueblo de la provincia de Sullana, entre casas de caña y camas llamadas barbacoas, porque son de pájaro bobo. Nació con los pies en el suelo y así los mantuvo durante sus pocos años de primaria y sus muchas horas de voleibol con amigas. Su paisaje fue el desierto caluroso y el algarrobo terco en el viento. Solía montar en piajenos, para trasladarse de un pueblo a otro, pero a las mulas les tuvo siempre miedo y los chivos los prefería en la sartén. Sirvió en casa de señores, desde que tuvo edad, o sea desde que sus padres lo decidieron, por necesidad, y ahora creía que iba a servir en la mía. Mejor dicho, estaba totalmente convencida de ello. O sea, pues, que la vida la había mantenido con ambos pies bien en el suelo, aunque ya usaba zapatos y le bastaba con una miradita en el espejo para comprobar que era una hembra realmente suntuosa.

Y ahí estábamos ahora en Querecotillo, nada menos que en la hacienda Montenegro y en tremendo dormitorio y tremenda camota. El río Chira nos acompañaba con el ruido de sus aguas, mientras yo pensaba que ese río de mierda seguro que ni puentes tenía, con las infinitas cantidades de agua que tenían que pasar bajo los puentes del Sena y del Chira para que Eusebia y yo... En fin, para que yo dejara de soñar con Eusebia y para que Eusebia se permitiera soñar aunque sea un poquito conmigo. Y es que para ella, tendida ahí a mi lado, a pesar de esa camota nada barbacoa, de tamaña cuja, como la llamaba ella, a pesar de mis caricias, de mis besos limpios como mis caricias y mi estado de ánimo y, de pronto, a pesar también de mis sueños más limpios, yo sólo me la podía tirar y ella conmigo sólo se podía acostar. Fallaban, pues, a gritos, los puentes de los ríos, fallaban sus aguas, fallaba todo. Y además la Gringa no soportaba sus palabrotas.

La Gringa, en cambio, fina y bella e inteligente, era para Eusebia cosa de telenovela, porque había nacido en tal alta cuna que, como dicen, ya parecía cama. Fue una adolescente preciosa, que alguna vez vi en Lima, allá en el distrito de San Miguel, donde yo enamoraba a otra muchacha inteligente, preciosa, y también de cine o telenovela para Eusebia. Salvo que le tocara servir en esa casa, por supuesto, que es donde se acortan las distancias audiovisuales y, paradójicamente, al mismo tiempo se agigantan las mismas distancias audiovisuales, por decirlo de alguna manera. En fin, ver telenovelas para creer, y ver uno de esos letreros que dice SE NECESITA MUCHACHA CON CAMA ADENTRO, para dejar de creer.

El Matador, hombre adinerado y amigo de hacer favores, por decir lo menos de su inmensa bondad, también vio a la Gringa en San Miguel y el asunto terminó en casorio. Yo andaba ya entonces por las Europas y vinieron a visitarme en su luna de miel. Fuimos juntos al Lido y al Moulin Rouge, y a alguno que otro restaurant donde evocamos los años transcurridos en un entretenido y anacrónico internado inglés. Desde entonces sí que habían pasado aguas bajo los puentes del Sena, pero a Jeanine, apodada la Gringa, y a Pipipo, los recordaba siempre como a dos hermanos. Y como dos hermanos se portaron cuando logré enviarles un S.O.S. para que me «fugaran» de Colán. Claro, ni yo me imaginé que el asunto iba a ser en helicóptero, ni ellos se imaginaron tampoco que el asunto iba a ser con Eusebia. Por eso me instalé rápidamente en el helicóptero, besé con pasión a tan suntuosa mulata, y me abstuve por completo de pedirles explicación alguna sobre tan suntuosa aeronave. En fin, todos nos abstuvimos de todo, ahí, hasta que después vino lo del hecho consumado, entre la alegría de un encuentro tan inesperado y en circunstancias tan increíbles, además, y la reacción de Jeanine y Pipipo no debió ser tan negativa porque desde que llegamos a la hacienda nos instalaron en el dormitorio de la camota consumada. Cuando Eusebia pronunció, sin sospecharlo siquiera, una frase que a Marx le hubiera enseñado tanto, llevábamos ya una semana en el confort de la hacienda Montenegro. Los atardeceres y las noches los dedicábamos a revivir el viejo colegio, nuestras andanzas limeñas, nuestros recuerdos adolescentes, nuestras excursiones y almuerzos campestres y, sobre todo, las fiestas con hembritas. Pipipo y yo recordábamos los nombres de todas las chicas que nos habían gustado, que habíamos enamorado, que nos hicieron caso o nos hicieron sufrir. Desfilaron todos los amigos y el ilusionista que tanto nos gustó en el Lido de París. Gozaba Jeanine, gozábamos Pipipo y yo, y se dormía Eusebia, a punta de incredulidad, o porque esas cosas se ven mejor en la televisión.

Pero hasta esto creo yo que se podía arreglar con el tipo de amigos que tengo, por ser éstos de todo tipo. Además, ¿acaso en el colegio no me llamaron siempre el Loco, el Excéntrico? Felipe es diferente, se decía siempre de mí. Y así se me aceptaba y se me quería. Lo difícil era lo otro, aquello que con tanta precisión acababa de decir una suntuosa mulata llamada Eusebia. ¿Cómo hacer para que a la Gringa (menciono a Jeanine sólo porque estábamos en su casa) no le molestaran las palabrotas de Eusebia, que también ella conocía y hasta usaba, si le daba su real gana? No había lógica alguna en todo eso. Ni nadie lograría explicarme jamás semejante reacción.

Demonios, me dije entonces como quien regresa de muy lejos, pero si Eusebia y yo recién andábamos en lo de las palabrotas y las sábanas. Y así era, en efecto:

–Insisto, Felipe: yo mañana plancho esas sábanas y tú se las llevas a esa mujer.

–Yo ¿qué?

–¿Acaso no vas a volver allá?

–Mira, Negra de mi alma, el allá de ellos es Madrid, y eso queda en España, y el allá mío es en París, que queda en Francia.

Creo que lo único que entendió fue lo de París. Por lo de la cigüeña, me imagino.

–Las llevaré, Negra –le dije, sólo para poder encender la radio y buscar un bolero. Un buen bolero, para repetirle–: Fuera de bromas, Eusebia, me gustaría que te vinieras conmigo a París.

Pero las lluvias seguían en la región y todo se oyó pésimo, menos Tchaikowski, que yo detesto. Mierda, me dije, si me sale un cuarteto de Beethoven me mata, porque casi todo Beethoven me encanta. Y a Eusebia le hubiera sonado tan mal como sus malas palabras a Jeanine.

Mi Negra se había ido a prepararme un café en la cocina. Me incorporé para acompañarla y, con los pies bien firmes en el suelo, pensé en Genoveva y en Sebastián. Era un problema sin solución. Eusebia, en cambio, no me sonaba tanto a problema sin solución. Bueno, me dije, para dejarme por fin en paz, existen dos tipos de problemas: los que se resuelven solos y los que no tienen solución. Justo en ese instante escuché la voz de Eusebia, tarareando allá en la cocina. Ella cantaba boleros, me dije, sonriendo. Pero la de las turgentes formas tarareaba nada menos que uno de Armando Manzanero, realmente muy apropiado para la situación:

Esta tarde vi llover,
vi gente correr,
y no estabas tú.
Esta tarde vi llover...

Casi me mata la negra. Parado ahí, como un imbécil con los pies lejísimos del suelo. No sé, pero me agarró de golpe todo el camino andado, algo mucho peor que la vida entera.

Y ese camino lo invadió hasta lo andado con Eusebia, tan reciente y que sin embargo me hablaba desde muy lejos. Ella se acostaba conmigo y yo me la tiraba a ella. Y, a lo mejor, era al revés. ¿Por qué no? Apenas unas semanas con Eusebia, allá en Colán, y apenas una semana realmente con Eusebia, en Querecotillo, en la hacienda Montenegro, como quien espera que el río, las aguas y los puentes lo arreglen todo. Definitivamente, mi negra daba para mucho y en muy poco tiempo. Después, por esas cosas de la vida, totalmente explicables, pero que la gente insiste en considerar inexplicables, me puse a pensar en mi discoteca. Además de Bach y Beethoven, todos los demás. Además de Verdi, Wagner, Bizet y Richard Strauss, todos los demás. Y el arte flamenco. Y estaba repleta de Beatles y Rolling Stones y repleta de jazz. Y también de todos los demás: Frank Sinatra, Dean Martin, Sammy Davis, Perry Como, Bing Crosby. La verdad, no paraba hasta Al Johnson. Más la música árabe y la hindú y el canto gregoriano. Y estaba repleta de mil cosas más, distintas, muy distintas, por no decir opuestas, como opinó alguien que alguna vez miró con atención mis discos. Pero la mayor sección de mi repleta discoteca, ¿no era acaso la peruana, que a Eusebia le encantaría, y la de los tangos, afrocubanas, rancheras, boleros, y mucho pero mucho más?

En mi discoteca me esperaba casi el disparate y hasta el disparate sin casi. Me esperaban los caminos andados, mis nostalgias e ironías, mi reírme de esas palabras de tangos, rancheras, valsecitos, boleros, que sólo a nosotros los latinoamericanos nos pueden decir tantas cosas. Ahí se cruzaban mil caminos. Y se detenían noches enteras. Ahí me reía de mí mismo, pero también, cuántas noches, una copa más, y bajo el ala del sombrero, una lágrima empozada, yo no pude contener... Eso era tan cierto como que Eusebia era *La que se fue* y *María Bonita, Noche de Ronda* y *Cambalache*, porque el mundo fue y será una porquería... Y esto era tan cierto como que Jeanine y el Matador vivían en la hacienda Montenegro. Y todo, todo era tan cierto que yo... Bueno, que yo tomé una decisión; ir a la cocina y tomarme ese café.

PAUSA

Lo mismo acabo de hacer hace un instante: una pausa-café, aquí en París. Y recién me doy cuenta de lo mucho que me he desviado por culpa de Eusebia. Literalmente por culpa de Eusebia. Me tragó una fotografía suya que tengo sobre mi mesa de trabajo. Todavía la escucho tarareando mientras me preparaba un café. Esta tarde vi llover, vi gente correr, y no estabas tú... El disco de Armando Manzanero que tengo ahí, pero resulta que ahora me gusta mucho más tarareado por Eusebia. ¿Pedirle que me mande un cassette? La estoy viendo reírse de mi idea y de mí. Tendré que acostumbrarme nuevamente a la versión de Manzanero. Será, además, la única manera de seguirles contando esta historia en paz.

CAPÍTULO II (Continuación y fin)

Ya ven, casi me voy hasta el desenlace mismo de esta historia, con eso de andar insistiendo en los datos y personajes que en ella intervienen. Y la verdad es que ya sólo faltan los secundarísimos, como el padre de Sebastián, rico industrial vasco que abandonó Madrid, no bien se divorció de Genoveva, y que en la actualidad reside en Bilbao. Sobre María Cristina, la hermana mayor de Bastioncito, bastaría con decirles que prefiere mil veces vivir con su padre y que ha realizado prácticamente todos sus estudios en esa ciudad vasca. Me queda, eso sí, Andrés Zamudio, a veces político y a veces escritor mexicano, que no tarda en entrar en escena, o sea que mejor lo dejamos para su debido momento. Y basta de alaracas teóricas sobre la ausencia del primer capítulo. En definitiva, si no lo cuento es porque me metería en terrenos que no son los de esta historia, alargándola inútilmente. Baste con saber que una larga etapa de mi vida se había cerrado para siempre, cuando apareció Genoveva, y que a ella pertenecen veintiséis años en Lima, una carrera de arquitecto, y un gran amor; luego, trece años en París –duros los primeros, de gran éxito profesional los últimos–, y otro gran amor: un matrimonio feliz con una muchacha, también arquitecto, trágicamente fallecida en un accidente. Se llamaba Liliane, y aunque su participación en esta historia es breve, no tengo la menor intención de situarla entre los personajes secundarios. Los símbolos y recuerdos de todo aquello se hallaban en mi anterior departamento y en el atelier que fundé con Liliane, pocos años antes de su muerte. Decidí entonces mudarme, como quien intenta borrar algo muy importante de su vida, pero lo primero que hice al llegar a este departamento, fue colgar, una al lado de la otra, dos grandes fotografías de Liliane y mía, dos ampliaciones en blanco y negro de nuestras fotografías preferidas, que colgué para siempre. Aunque después resulta que nunca se sabe...

CAPÍTULO III

Entonces llegó Genoveva. Y digo *entonces llegó Genoveva* y no, por ejemplo, esa mañana tenía cita con una periodista madrileña llamada Genoveva, para una entrevista sobre uno de mis últimos proyectos, porque hacía ya más de quince días que Andrés Zamudio se me había instalado en el departamento. Me lo mandó mi hermano José, que reside en México, rogándome que lo ciceroneara en todo lo posible, porque el tipo andaba loco por triunfar, a veces como político y a veces como escritor, aunque de preferencia en las dos cosas al mismo tiempo. El tipo metía la nariz en todo y quería que las cosas le salieran tan fácil que hasta soñaba con publicar en Gallimard, la más poderosa editorial francesa, un libro que aún no había escrito. Mi cuñada había agregado este comentario en la misma carta, pidiéndome también, de parte de Chela, la esposa de Zamudio, que por favor le enseñara a vestirse, porque se vestía de diputado, un día, y al siguiente de escritor, lo cual en sí no tendría nada de malo, si por lo menos no se paseara por el mundo con esa espantosa indumentaria del más puro estilo avenida Insurgentes.

–Cómprale algo, por favor, Felipe –me pedía mi cuñada–. Y paséalo también. Y que vea gente, toda la que puedas presentarle; y museos y hasta otras ciudades. Porque ya verás, Felipe, que el pobre Andrés Zamudio se las trae. No sé por qué, pero se las trae. Te bastará con verlo para entender lo que sufre con él su esposa. Nació en la ciudad de México, pero por más que ella hace, siempre parece que acabara de ponerse el primer par de zapatos de su vida. Horrorosos, por supuesto.

Esperé que llegara por casa un tipo sumamente divertido, pero en cambio me encontré con una especie de Maquiavelo pueblerino hasta dar pena. No le importaba conocer gente valiosa, pero era capaz de cualquier cosa con tal de interesar a un crítico o a un profesor de literatura en su persona. Y algún poder debía tener, porque durante las semanas que estuvimos juntos, Andrés Zamudio prometió tantas invitaciones a México cuantas personas creyó importantes para su carrera literaria. Había decidido hacer un paréntesis en su carrera política, por ser ésta mexicana, o sea que sólo me tocó verlo en el terreno de su ambición como escritor. No me extrañaba que usara siempre la misma ropa, tan impresentable como me la había descrito mi cuñada. La explicación era fácil: todo el resto del equipaje consistía en libros. Éste era uno de los pocos asuntos que me consultaba. Como no había podido traer más ejemplares, por razones de peso, a menudo me preguntaba si era mejor regalarle un libro a tal escritor o a tal profesor, a este crítico o a aquel traductor, también por razones de peso.

Porque de México se había traído tremenda lista de críticos, profesores universitarios, escritores, traductores, y qué sé yo. Y lo peor de todo es que lo único que sabía decir en francés era: *Oh, la France éternelle!*, abriendo una boca enorme, un verdadero modelo de dentadura postiza y sonriente, sin duda alguna para ser utilizado en su carrera política, en México, y, aquí en París, en vez del idioma. Era todo un caso, el tal Zamudio, y *monsieur* Mercier, el portero del edificio, hasta ahora me pregunta por mi amigo el odontólogo.

O sea que a Zamudio me lo llevaba cada mañana a mi atelier, y Jeanne, la secretaria bilingüe, se encargaba de sus llamadas telefónicas. Pero el tipo quería vivir, también, o sea que no me quedó más remedio que comprarle una ropa más adecuada para la *France éternelle*. Algo rarísimo ocurrió, sin embargo, porque la tienda era de las mejores de París, y la ropa se la escogimos toda entre el mejor dependiente y yo, tras haber comprobado con verdadero espanto que Zamudio estaba eligiéndose ya todo aquello que no iba con nada, y que esto último también lo estaba eligiendo ya. Intervinimos con carácter de urgencia, y lo pusimos bien, lo mejor que pudimos, en todo caso. Pero cuatro días después regresamos, le volvieron a probar los pantalones y sacos que hubo que arreglar un poco, y justo cuando yo empezaba a decirme: «¡Pero qué demonios pasa aquí!», el dependiente, feliz porque había estado en México con su esposa y *les mariachís, vous savez, monsieur* Carrilló, muchó picanté en Mexicó, soltó:

–*On voit bien que monsieur Zamudio est né en plein coeur de l'avenue Insurgentes...*

–*La France éternelle!* –exclamó Zamudio, equipadísimo para la vida, agregando luego sus últimos progresos en francés–: *Merci, merci, merci...*

Lo saqué de ahí corriendo, tras haber cambiado irónicas miradas con el vendedor, y porque, en realidad, no se puede contra lo que no se puede. Lo decía nada menos que un mexicano, el gran Rulfo. Pero Andrés Zamudio era un hombre feliz, y eso era lo importante por el momento. También eran importantes, por supuesto, las recomendaciones que se había traído de México, porque muchas de sus llamadas habían tenido éxito y su agenda estaba llena de citas para dentro de unos diez o quince días.

Atravesábamos la rue de Rivoli en el preciso instante en que Andrés Zamudio decidió vivir. *La France éternelle!, oh, la France éternelle!*, exclamó, esquivando un carro con la experiencia de quien patea diario la intransitable avenida Insurgentes. A la puteada que le pegaron respondió también con la *France éternelle*, y yo hasta temí un malentendido, que el chofer frenara, se bajara, que se nos viniera encima, en fin, temí lo peor, pero la sangre no llegó al río y en cambio nosotros sí llegamos a la vereda de enfrente con un nuevo *éternelle!* de Zamudio, por supuesto. Y la verdad es que la muchacha realmente valía la pena. Y la verdad, también, es que no hay nada más detestable que perseguir a una muchacha por la vereda de enfrente. Pero ya estábamos en la vereda de enfrente. Y yo, nada menos que de intérprete en la maldita vereda de enfrente, porque a Marie Christine, que era rubia, coqueta, alegre, estudiaba cartografía y se llamaba Marie Christine, realmente como que le hizo gracia mi amigo, mientras yo descubría lo fácil que resultaba seguir a una muchacha por la calle, piropearla, meterle letra, invitarle un café y... Y todo, pero todo para otra persona. Resulta facilísimo. Diablos, me dije, lo complicada que es la vida.

Y a un café fuimos a dar, pero ahí sí que la vida empezó a resultarnos complicada de verdad, a Marie Christine, a Zamudio, y a mí, porque yo ya me estaba hartando de traducir, pero mi presencia era indispensable, y ellos ya se estaban hartando de mí, pero mis servicios como traductor les eran indispensables, cuando no sé qué pasó. Cosas de París y de lo eléctrica que es esta ciudad, me imagino. Lo cierto es que de pronto todos empezamos a hartarnos de todos y hasta el mozo intervino, harto también, porque no había tequila y Andrés quería que María Cristinita supiera lo que es un tequilita, con su sal, con su limoncito y *la France éternelle, oh!*, y de pronto como que quiso vivir muy intensamente, la vida entera en un instante mexicano o algo así. No me quedó más remedio que convertir los *merde! merde! merde!* con que la muchacha se largó, en una clase de cartografía que se le había olvidado por completo. An-

47

drés Zamudio me abrazó fuertemente emocionado, y yo continué con mi traducción:

–En Francia todo es eterno, viejo. Ya encontrarás otra María Cristinita y un café donde tengan tequila.

Dos días más tarde partimos a Roma, por asuntos de mi trabajo. La empresa que me invitaba disponía de un precioso penthouse situado en plena vía del Babuino, a medio camino entre la piazza del Popolo y la de Spagna. Invité a Zamudio, diciéndole que estaría a tiempo para todas sus citas, pero al principio se mostró un poco indeciso porque Roma no figuraba en sus planes y temía gastarse el dinero que se estaba reservando para España. Le dije que la empresa corría con los gastos y que sería muy fácil compartirlos, porque el alojamiento era gratis, además. Pero Zamudio seguía indeciso. Comprendí entonces que tampoco había calculado un viaje a Roma. Lo comprendí cuando me dijo que allá no conocía a nadie y que por ahora sólo le interesaban París, Barcelona y Madrid; de lo contrario habría traído nombres y direcciones de críticos, profesores, traductores...

–Roma es tan eterna como Francia, viejo. No lo olvides. Y tampoco olvides que el castellano y el italiano se parecen. Te será más fácil amar y vivir sin traductor.

Profesionalmente, el viaje fue todo un éxito para mí, aunque era uno de los primeros que realizaba sin Liliane, la mujer más enamorada de Roma que he conocido. Me entristecía mucho viajar sin ella, pero viajar sin ella a Roma me entristecía muchísimo más. Por eso, tal vez, insistí en que Andrés Zamudio me acompañara. Pero en esa ciudad me tocó conocerlo más y, lo que es peor, compartir una inmensa cama matrimonial con él. Era la única que había en el penthouse y me dio pena mandarlo solo a un hotel. Además, cabíamos de sobra, por lo inmensa que era la cama, y jamás se me ocurrió que se pasaría tardes enteras buscando en la lista de teléfonos nombres que le pudieran ser útiles y que, además, nuevamente tendría que servirle de intérprete. Comprendí que el tipo realmente se las traía, y hasta comer con él en mis restaurants preferidos fue una lastimosa pérdida de tiempo. Ya había vivido una historia de amor, y en París, con María Cristinita; lo suficiente para el capítulo clave de una novela que tenía en mente, según me explicó, procediendo en seguida a hacerme mil preguntas sobre calles y plazas parisinas.

–Para ambientar todo ese mundo tan intensamente vivido, querido amigo Carrillo.

–Eso, eso –le dije, pensando que el mundo intenso lo viviría después, cuando, a nuestro regreso a París, fuera entregando, uno por uno, hasta el último ejemplar de sus libros, y siempre a alguien que él consideraba importante para él, por supuesto, porque a Andrés Zamudio lo iba conociendo minuto a minuto y, al final, ya ni me sorprendió cuando se fue de París sin dejarme un solo ejemplar. Se disculpó, claro; no había contado con la visita tan importante de Genoveva, ella era una gran periodista, escribía en los principales periódicos de España, en varias revistas a la vez, y algunos de sus artículos iban a dar a Londres y Nueva York. También sus entrevistas.

–No, querido amigo Carrillo, no crea usted que no le tenía guardado su ejemplar. Pero, mire usted, yo no contaba con tan importante visita.

La verdad es que, aunque por razones muy diferentes, tampoco yo contaba con tan importante visita. Me habían avisado de una revista madrileña que Genoveva llegaba a París y deseaba entrevistarme. La fecha estaba fijada para ese lunes agradable y soleado en que Andrés Zamudio decidió cancelar todas sus citas y quedarse en casa, platicar con usted, querido amigo Carrillo, acompañarlo, querido amigo, fíjese usted que ya se va acercando mi último día en París, tenemos tanto que hablar, continuar el diálogo de *toda* una vida, querido amigo Carrillo, este diálogo muy nuestro que nació en París y en Roma, *la eterna città* o *la città eterna*, ¿cómo se dice exactamente, querido amigo y políglota...?

Un timbrazo anunció la llegada puntual de Genoveva. Me estaba incorporando para abrirle, cuando de pronto vi que Zamudio, completamente mayordomo, salía disparado a recibir a la señorita. No le habló de *la France éternelle*, para mi sorpresa, pero en cambio escuché que le decía, ahí en la entrada:

–¡No sabe usted a quién viene a ver, *mademoiselle*! *¡Bonjour* tenga usted!

–Es casa de don Felipe Carrillo, ¿no?

–La *maison* de mi querido amigo Felipe, sí, *mademoiselle*.

–Dígale...

–Pase, pase... Él está aquí conmigo, platicando, continuando el diálogo de *toda* una vida. ¡Pero cómo es posible que no me haya presentado! ¡Soy el escritor mexicano Andrés Zamudio! ¡Inmediatamente posterior al *boom*! ¡Del *boom junior*, como le llaman, tan desafortunadamente!

–¿Don Felipe Carrillo se encuentra en casa?

–¡Cómo no se va a encontrar, *mademoiselle*! ¡Por esperarla a usted no nos hemos movido en todo el día!

Eran recién las diez de la mañana, o sea que no me quedó más remedio que correr en dirección al vestíbulo. Genoveva estaba pálida, cuando llegué en su auxilio. Dio unos pasos, como quien por fin logra huir de Andrés Zamudio. Pero en medio de tan grotesco espectáculo, había algo realmente triste. Algo grave, muy triste, algo profundamente conmovedor. Zamudio se había callado, finalmente, como si una vez más se le estuviera escapando por completo la verdadera complejidad de las cosas. Y Genoveva, a quien yo apenas había saludado, continuaba parada ante el retrato de Liliane. Era eso, claro: Genoveva debía estar pensando que yo, por lo menos, era tan tímido como ella. Debía estarle cayendo simpático en ese momento fugaz, tan fugaz como terrible, al compararme con Andrés Zamudio. Y lo mío también era simpatía, simpatía a pesar de todo, a pesar de la tristeza, de la gravedad, de lo terriblemente conmovedor de su presencia ahí, parada delante de Liliane, ante el retrato de Liliane, y hermosa por primera vez. No, no era la primera mujer bella que recibía desde que murió mi esposa, tampoco la primera que se detenía, sin darse cuenta, en el vestíbulo, y ante ese retrato. Lo triste, lo grave, lo verdaderamente conmovedor y, ahora, de pronto también hermoso, era otra cosa: Genoveva era la primera mujer que veía, fijándome en su belleza, sintiéndola, gozándola casi, ante el retrato de Liliane. Después me sonreí, y ella debió pensar, en medio de tanto silencio, que detrás de esa sonrisa se escondía una personalidad compleja, o muy irónica.

Me lo dijo esa misma noche en su hotel, y yo le expliqué todo lo que había ocurrido cuando llegó al departamento. Y le conté también que me había sonreído absurdamente al pensar que Andrés Zamudio, grotesco y tan fuera de lugar en ese vestíbulo y en ese instante, era como un castigo que Liliane me había enviado desde el otro mundo por estar portándome tan mal.

Por culpa de Andrés Zamudio no hubo entrevista, por culpa de Andrés Zamudio me enamoré de Genoveva y, lo que es muchísimo peor, por culpa de Andrés Zamudio conocí a Bastioncito. Genoveva era una mujer tímida, que podía ser terrible, sin embargo, como periodista, y que de hecho fue terrible esa mañana con el pobre Andrés Zamudio. Claro, el tipo le jodió la entrevista conmigo, creo que más que nada por el asco que le produjo con eso de andarla invitando pésimo a México, primero, y enamorándola pésimo, después. La verdad, hacía años que yo no escuchaba tanta palabra de telenovela, tanto trasnochamiento y tanto bolero mal asimilado. Y todo por una entrevista. Y dale el tipo con que si no puede ser en la *éternelle, mademoiselle*, será en el Madrid que tanto amó Agustín Lara. Porque así se quiere en Jalisco, querida amiga.

Definitivamente, me decía Genoveva con la mirada y el

tercer jugo de naranja con vodka por lo de la timidez y elegancia, definitivamente, Felipe Carrillo, el mundo entero sería soltero en Jalisco si allá se amara como lo hace tu querido amigo Andrés Zamudio, el del diálogo de toda una vida, querido amigo. Pero Genoveva dejó tanta travesura, al cuarto jugo de naranja con vodka y, siendo las doce en punto de esa soleada mañana de abril (yo, al menos, empezaba a ver las cosas así, al cuarto etiqueta negra *on the rocks*), procedió a convertirse en una mezcla de periodista terrible y la venganza del tímido. O sea, en algo mucho peor que una periodista terrible. Y una hora enterita lo estuvo entrevistando al pobre Zamudio, a quien le recomendó mantener el micro bien pegado a la boca... No, así no. Bien pegadito a la boca... No, más todavía... Así... Ahora sí... Exacto... Como si se lo estuviera tragando. Y mil preguntas sobre el premio Nobel, sólo sobre el premio Nobel, todas sobre el premio Nobel y si él, por ejemplo, pensaba que un escritor debía matar a su madre en caso de que ésta le prohibiera recibir el premio Nobel.

Hay que reconocer, en honor a la verdad, que si bien Andrés Zamudio respondió a la mayor parte de las preguntas con los brazos en alto, como en ovación general, y girando cual Papa en San Pedro o como torero en ruedo triunfal, no mató a su madre. Sufrió mucho, eso sí. Pero sufrió de puro desconfiado porque, de entrada, y como parte terrible de su terrible maldad tímido-periodística, Genoveva le había dicho que lo iba a someter a una prueba, algo así como un ensayo general de la entrevista que pensaba hacerle en Madrid para nueve periódicos del mundo y también la televisión. En resumidas cuentas, que lo iba a entrevistar con la grabadora apagada, y porque encontraba sumamente divertido el incidente que le había ocurrido con su querido amigo (yo), en Roma.

–Ésas son cosas que pueden trascender, señorita. Por favor, no las vaya a repetir en la entrevista –le dijo Andrés Zamudio, ceñudo y nada odontólogo, por primera y última vez en París.

La verdad, no tengo experiencia alguna con los periodistas y no sé lo que se les puede contar o no. Simplemente me imagino que son gente común y corriente y que los hay discretos e indiscretos. Pero Genoveva había sufrido tanto con su timidez, hasta el tercer jugo de naranja con vodka, que yo, que también había sufrido con mi timidez y por eso tan especial que pasó con lo de Liliane, y seguía pasando, y que me había sentido fatal por la timidez de Genoveva y lo de Liliane y Genoveva, que seguía pasando, y por la vergüenza ajena que me producían las palabras de amor tan melosas (como que se pegaban a los muebles y todo), tan pésimamente Insurgentes y así se quiere en Jalisco, para colmo de males y cual traición a la patria, en fin, que yo, que iba ya por el cuarto etiqueta negra *on the rocks*, no pude más y, actuando como el más indiscreto de los periodistas terribles, solté todo lo de Roma. Lo solté con alevosía, Insurgentes, y gran maldad. Además, Genoveva y yo nos estábamos cayendo la mar de bien y Andrés Zamudio nos estaba jodiendo íntegra la mañana, finalmente.

Déjame que te cuente, limeña. Érase una vez en Roma, la semana pasada, dos amigos con dos bigotes dos: el de Andrés y el de su querido amigo. Como sólo había una cama en el penthouse, vía del Babuino, que la empresa me prestaba, Andrés y yo nos fuimos a dormir juntos y gratis. Una mañana, él se despertó antes que yo y se entretuvo, como siempre, con una atenta y profunda lectura de la lista de teléfonos. Buscaba, para variar, profesores universitarios, críticos literarios, traductores del castellano y, por qué no, también uno que otro escritor. Todos conocidos, por supuesto, para él pedirles citas y conocerlos y solicitarles su autorización para molestarlos luego con el envío de sus libros desde México, ya que por mi culpa no había calculado este viaje y, por consiguiente, tampoco había calculado la cantidad de ejemplares que debió traerse a Europa. Porque Andrés es tan bohemio, tan despreocupado, en fin, cómo decirte, sí, tan ar-

53

tista, Genoveva (Andrés alzó los brazos en San Pedro y en la Monumental de Madrid), que se me presentó en casa, nada menos que con una maleta, dos maletines, y una bolsa de *duty free*, repletas de su único libro, o sea del único que se ha publicado hasta ahora, aunque tiene otro que va a escribir para Gallimard, porque es un escritor que promete, y el único terno que trajo es el que traía puesto.

–¿Ya agotó usted la edición? –le preguntó Genoveva.

–Nomás me falta tantito, señorita. Y a lo mejor se me agota con el ejemplar que le voy a obsequiar a usted.

Bueno, dije, pero siguiendo con nuestra historia romana, Andrés andaba en plena lectura y yo dormía plácidamente a su lado, cuando unos alaridos invadieron el dormitorio. Era la campesinota romana, tan redonda como colorada y furibunda, que limpiaba el departamento. Creyó que no había nadie, entró con su propia llave, vio las cortinas cerradas, desorden, en fin, vio indicios de cualquier cosa menos de lo que iba a ver: dos bigotes bien negros, echaditos uno al lado del otro, y tan sinvergüenzas, además, que uno se hizo el que leía y el otro se hizo el dormido.

–¡*Scàndalo! ¡Scàndalo! ¡Scàndalo!* –empezó a gritar, y desapareció, previo portazo de horror a la humanidad.

Yo casi me muero de risa, pero a Andrés el asunto no le gustó nada porque él es así, muy macho. En fin, mientras la cosa no pasara de ahí. La cosa, sin embargo, pasó de ahí a los pisos inferiores, en que funcionaban las oficinas de la empresa. Y el gerente, con el directorio en pleno y otros miembros del personal, nos recibió en el salón de directores generales para pedirnos todo tipo de disculpas. La mujer debió tocar, primero, mil veces se le había dicho que tocara antes de entrar, pero así son estas mujeres, curiosas todas...

–¿Qué dice?, ¿qué dice? –me preguntaba el pobre Andrés. Y añadió–: Tradúzcame, tradúzcame, por favor, querido amigo.

Le traduje y traduje y el salón de directores se vino abajo de risa. Y el gerente, que era romano, después de todo, me dijo:

–Queridísimo colega, dígale, por favor, a su amigo, que esa mujer es una cucufata y que, en todo caso, aquí en Roma sí que no hay nada nuevo bajo el coliseo. Puede haberlo bajo el sol, tal vez, pero bajo el coliseo, créame, no hay absolutamente nada nuevo.

Y el pobre Andrés:

–Tradúzcame, tradúzcame, por favor, querido amigo.

Traduje:

–Nos jodimos, viejo, *La dolce vita*, ¿sabes? Dice el gerente que, en su nombre, y en el de toda la empresa, nos ruega nuevamente que lo disculpemos por lo de la gorda, y que respeta, que todos somos dueños de tener nuestras propias costumbres e ideas, y que...

–Querido amigo –me interrumpió Andrés–, yo le ruego a usted no hacerles saber nada de esto a su hermano y a su cuñada. Bien sabe usted que ellos viven en México y que son amigos de mi esposa y de tanta gente más. Esto puede trascender, querido amigo.

Así se lo prometí a mi querido amigo Andrés, observando lo ceñudo y lo nada odontólogo que se me había puesto en pleno salón directorio. Nos retiramos con fuertes apretones de manos, pero al ver que Andrés seguía tan ceñudo como poco odontólogo, reiteré mi promesa, elevándola incluso a la categoría de juramento y bolero:

–Te puedo yo jurar ante un altar...

–No me gaste bromas, querido amigo; esto en México sí que puede trascender.

Le dije que conocía a Alberto Moravia y que, tal vez, antes de irnos, aunque sea por teléfono... Y así terminó la primera y última vez que vi a Andrés Zamudio ceñudo y nada odontólogo, en Roma.

Tres días después le escribí a mi cuñada, contándole con pelos y señales la primavera romana de Andrés Zamudio y Felipe Carrillo. Conociéndola, ya todo México debía haberse enterado. Y con el odio que me tiene mi cuñada, además... Lo que nos reímos Genoveva y yo aquella noche en su hotel.

Pero volviendo a aquella mañana en mi departamento, Andrés Zamudio no bebía una sola gota de alcohol:

–Ni cuando simpatizo con una periodista tan guapa, *mademoiselle*, porque inmediatamente me quedo como atontado, *mademoiselle*.

Acto seguido, Genoveva me pidió varios jugos de naranja con vodka, pero para el caballero, y lo tuvo brinda que te brinda, durante casi dos horas, lo cual me permitió darle una versión ya bastante cargada en adrenalina de aquella aventura romana y trascendental, mientras ella, a su vez, obtenía la primera confesión parisina del gran escritor Andrés Zamudio.

Porque periodista era y de las más terribles, cuando lo deseaba, y esa mañana lo había deseado y ni siquiera yo me di cuenta del instante cruel en que le encendió la grabadora al pobre Zamudio. Según Genoveva, fue cuando lo estaba haciendo comerse el micro. Total que Andrés Zamudio se bebió las primeras copas de su vida, se tragó el primer micrófono de su vida, también lo del premio Nobel, y por último, cuando ya nos habíamos olvidado de su existencia y empezábamos a hablar de Liliane, se nos quedó profundamente dormido tras el largo y agónico insomnio que le produjo el ensayo general de su primera entrevista madrileña. Galgos de hambre, Genoveva y yo corrimos hasta La Closérie des Lilas, dejando al pobre Andrés Zamudio derrengado de sueño, despatarrado allí sobre un sillón, como diría el gran maestro mexicano Juan Rulfo.

Aquello me pareció una gran maldad y durante un buen tiempo anduve bastante arrepentido. Pero hoy, que ha pasado aún más tiempo, me alegro, y mucho, al pensar que fue una gran lección. Y hasta me gustaría decir que fue una venganza, pero es imposible porque recién aquella mañana empezó lo de Genoveva. La culpa la tuvo Andrés Zamudio, por supuesto. Sólo lo ridículo que estaba ahí, recibiéndola en el vestíbulo, me obligó a observarla atentamente, detenida ante el retrato de Liliane. Todo, todo ocurrió por culpa del muy cretino de Zamudio. Porque él se me anticipó, mayordomo, a abrirle la puerta, y al instante se arrancó con su increíble huachafería, con sus *mademoiselle* por aquí y sus *mademoiselle* por allá, y dale y dale hasta que tuve que intervenir. Salí tan predispuesto a salvarle la vida a Genoveva, que la descubrí rubia, como Liliane, alta y delgada, como Liliane, no se maquillaba, como Liliane, y se vestía también un poco como Liliane. Y así, de detalle en detalle, todo aumentado al máximo, y siempre por culpa de Andrés Zamudio, me fui fijando demasiado en Genoveva y nuestra entrevista nunca tuvo lugar. No me quejaría, pero es que por culpa de Andrés Zamudio, de quién iba a ser, entonces, almorzar con Genoveva fue una delicia, pasar toda la tarde con Genoveva fue una delicia, y regresar ella a su hotel y yo a mi departamento, para ducharnos, cambiarnos, y volvernos a encontrar a las nueve, fue lo que se llama una verdadera delicia.

Y comimos delicioso en mi restaurante preferido y después fue lo del *Rosebud*, en la rue Delambre, champán, brindis, y manos que por fin se atreven a encontrarse. Bien entrada la noche, el piano del *Calavados* fue una delicia más, ya en la otra margen del Sena. Y así pasamos, casi sin darnos cuenta, de la lejana época matinal de los detalles y detalles, a las delicias de una gran habitación en el Hotel Meridien, que quedaba lejísimos pero se lo pagaba la revista madrileña, y que además del inconveniente de la distancia tenía el del teléfono.

Mil veces pedí que no pasaran más llamadas, pero a cada rato había otra comunicación con santo y seña para *madame*. Gages del oficio, me decía yo, pero la verdad es que nunca he visto a una periodista tratar tan dulcemente y

57

bajito a sus colegas de larga distancia. ¿O quién será? ¿El esposo? ¿Pero no me dijo que se habían divorciado? Miré mi reloj en la penumbra, porque es de los que se iluminan: las cinco de la mañana, nada menos. Y es como la décima vez que llaman. Y ahora hay bronca en voz baja. Pero qué diablos pasa. Pero si es Genoveva la celosa, ahora. ¿Un amor oculto? ¿Un idilio torturado? ¿Un esposo que intenta volver por su amor, a las cinco de la mañana y en París? Debe ser el hombre más celoso y engreído del mundo, en todo caso. En la que me he metido por tu culpa, Zamudio... No puede ser... Increíble... Las cosas que se dicen... Ni que fuera retrasado mental, el de larga distancia... Demonios, hoy tengo que estar más temprano que nunca en el atelier y por tu culpa estoy metido aquí, Zamudio.

Cuando por fin colgaron, Genoveva se quedó como agotada y de lo más pensativa, casi ausente. Y yo empecé a sospechar. ¿Y si se trataba de una periodista con infiltraciones de espía? ¿No habría gato soviético encerrado por alguna parte? Porque código sí que hubo, y a mí me había sonado a ruso eso de Bastianito Ito que Genoveva repitió con tal cantidad de entonaciones, que ahí debía estar el secreto ahora que esto de las comunicaciones ha progresado tanto. Pero al cabo de un instante volví a caer en las redes del amor. Porque Genoveva, a menos de ser pervertida y necesitar de esas llamadas, para luego poder atender a las mías, posibilidad que sigo descartando, era sin lugar a dudas una mujer que me amaba en medio del peligro. ¡Dios mío, si pudiera ayudarla! ¡Si pudiera llegar a descifrar el código! ¡Bastianito Ito, primero! ¡Las mil entonaciones, después! Sí, mi amor... Yo también... Sí, sí, sí... Desde Rusia, mi amor... Nada, mi amor... Ohh, ohh, ohhh... Ya vengo, mi amor... Ohhhhh...

Nadie, jamás, lo podrá negar: Andrés Zamudio fue requete, pero lo que se dice requeteculpable de toda esta historia.

CAPÍTULO IV

Diez días más tarde, Andrés Zamudio abandonó París y, de paso, también esta historia. No hubo ni siquiera una tarjeta postal, para continuar el diálogo de *toda* una vida, y su querido amigo sólo supo que en Madrid había llamado a casa de Genoveva hasta la indignidad melosa, para entablar el diálogo de toda una vida y, de paso, estrenar también la entrevista cuyo ensayo general tuvo lugar en el departamento de nuestro querido amigo Felipe Carrillo. Porque España es diferente, querida amiga Genoveva, y porque España es el depósito de Occidente *(sic)*.

Mientras tanto, mi departamento como que había embellecido. Montparnasse, el barrio al cual me había mudado al fallecer Liliane, como que también había embellecido, y lo mismo sucedía con la rue Vavin y con el edificio de la rue Vavin en que quedaba mi apartamento. Embelleció también, de pronto, el distrito 14, porque en él se hallaba mi atelier, y todos mis proyectos empezaron a convertirse en maquetas rodeadas de grandes espacios verdes por los que transitaban felices y vestidos de novios mis colegas y secretarias. Muy pronto se habló de que el estudio Carrillo había pasado súbitamente del funcionalismo extravagante y a ultranza que lo caracterizaba, a una novísima concepción de la arquitectura, que por ahí se empezaba a calificar de «muy extravagante optimismo a ultranza», y en la cual lo único que persistía del período anterior era ese toque costeño, peruano, y tristón, del que se había ocupado hasta *La Revue Psychanalytique*[1] (me la trajo Jeanne, la telefonista, que también había embellecido, lo cual es algo totalmente imposible. Conclusión: estaba profundamente enamorado de Genoveva, de París, y del Hotel Meridian, a pesar del teléfono, que últimamente también como que empezaba a embellecer), arrojando un antidiagnóstico *arquitectónico* (en castellano en el texto y con el acento en su lugar) *psychanalytique*, que paso a traducirles, en la medida de mis posibilidades, y según el cual:

«*Todo* en Carrillo, aunque no *todo* Carrillo, se da en función de una fusión de sus raíces peruanas con sus raíces anti-parisinas, pero dentro de un proceso de traviesa[2] sublimación que, en su ambición sinfónica, logra convertir en algo positivo el exilio (*subrayemos* que, en el caso de Carrillo y de su arquitectura –entonces en estado embrionario: Carrillo llegó a Francia provisto únicamente de un diploma de arquitecto–, se trata de un exilio *voluntario* –ésta es la palabra que deseábamos subrayar–, pues, según declaraciones hechas por el propio Carrillo en *Radio France Inter*, estuvo precedida por interminables y hasta dionisíacas *fiestas* de despedida). Resulta

1. Bernard, Jean Luc.: «En busca de un Felipe Carrillo en busca», en *La Revue Psychanalytique*. N.° 66, marzo-abril 1980.

2. [a] Travieso, en francés, se dice «*espiègle*». (Nota del autor de este libro.)

[b] *Espiègle*, en castellano, se dice «travieso», palabra que, muy fácilmente, podemos asociar con «travesía» y «atravesar». Carrillo atravesó el Atlántico para llegar a Francia, como se verá inmediatamente. (Nota del autor del artículo.)

[c] Perdonen: todo esto resulta mucho más fácil de entender en francés. (Nota del autor del libro a la nota del autor del artículo.)

también interesante *subrayar* la elección hecha por el arquitecto peruano de una radio cuyo nombre es, precisamente, *France Inter*, puesto que ello nos autoriza a decir:

A) Felipe Carrillo *penetra* su estilo *arquitectónico* (hemos optado por la palabra española *arquitectónico*, pues, a diferencia de la palabra francesa *architectural*, en la primera nos encontramos con un «tónico», acentuado además desde la primera sílaba, como sinónimo de vitalidad. Tónico, en francés, signifique *tonique*), con tres connotaciones:

a)[1] Un abandono alegre –no culpable– del país de origen (Perú, alumbramiento, nacimiento, hogar paterno: todas estas palabras, en su lengua materna, pertenecen al género masculino. Aluden por consiguiente, a un padre «alegremente» abandonado. ¿Abandonado a su suerte?). El padre de Felipe Carrillo se hallaba muy enfermo y falleció poco tiempo después de abandonar éste el hogar *paterno*.

b) El diploma de *arquitecto* (masculino) le sirve para entregarse por completo a la *arquitectura* (femenino).

c) Lo hace en Francia (*La France*: femenino).

d) Francia: nueva *patria* (subrayamos el femenino).

e) Contrae matrimonio con la arquitecta francesa Liliane Chabrol, y se une *doblemente* a ella al crear el atelier Carrillo-Chabrol.

f) Francia no es para él, por consiguiente, país de asilo. Recordemos que el exilio de Felipe Carrillo no fue forzado (político, religioso, económico, etcétera).

---

1. Llamada también, en francés, *petit a*. (Nota del autor del libro.)

g) Exilio = asilo.
h) Travesía alegre, voluntaria, traviesa = búsqueda.
i) La France = tierra de adopción. ¿Madre patria?

B) Felipe Carrillo declara (también por *France Inter*): «Pero mi exilio, por más alegre y voluntario que fuera, no impidió, sobre todo en los duros años de la Escuela de Bellas Artes y el restaurant universitario, una cierta amargura, un cierto cansancio y una sensación de desarraigo que aún recuerdo con tristeza. Sólo entonces comprendí que no podía quedarme ahí; que tenía que saber lo que realmente buscaba. Y aún recuerdo que me dije: "Encuentra lo que buscas, aunque no lo encuentres. Es decir, conócete a ti mismo y acepta tu *destino ciegamente*. Trabaja como un burro, *sin detenerte ante ningún obstáculo*. Dibuja y dibuja como si fueras ya el *rey de la arquitectura francesa*." A partir de ese momento, mi desarraigo se convirtió en sinónimo de libertad. Liliane me comprendió y me ayudó tanto que, pocas horas antes de entrar en el *rigor mortis*, me miró sonriente y me dijo: "Recuerda que tu desarraigo es tu verdadera libertad, Philip (ella solía llamarme Philip, en inglés... Era como un apodo; una de esas palabras que se empiezan a usar sabe Dios cuándo y que sólo se olvidan cuando se acaba el amor...), y sigue adelante. Sigue diseñando y creando y, si quieres que te lo diga, sigue buscando una mujer (yo la interrumpí *bruscamente* –bueno, *bruscamente* no es la palabra *exacta*...). Muy pronto se acabará la farsa más bella del mundo, Philip... La joven estudiante de arquitectura que se convirtió en tu socia... ¿Te acuerdas cuando te llamaba Philip Pigma...? Ah, mi adorado *Pigmalión*... Búscate otra mujer madura y que tu desarraigo sea siempre tu libertad..."

»Liliane falleció pocas horas después y, desde entonces, trabajo y *busco ciegamente*. Y sí, es cierto: mi desarraigo es mi libertad.»[1]

C) Toda la arquitectura de Felipe Carrillo es *representación* (Sófocles y su teatro) del ejercicio de una voluntad que se complica:

a) libertad = búsqueda.
b) búsqueda = no hallazgo.
c) no hallazgo = Francia.
d) Francia = tierra de adopción.
e) tierra de adopción = tierra de adopción por adopción (o adopción equivocada).
f) adopción equivocada = Felipe Carrillo y Liliane Chabrol.
g) Felipe Carrillo = Philip Pigma.
h) Philip Pigma = Pigmalión.
i) Pigmalión = adopción equivocada.
j) adopción equivocada = madre patria.
k) madre patria = véase el punto A, *petit i*.
l) Punto A, *petit i* = ¿madre patria?
m) ¿madre patria? = «busco ciegamente».
n) «busco ciegamente» = uno de nuestros numerosos *subrayados* en las declaraciones hechas por Felipe Carrillo en *France Inter*.

1. Hemos citado sólo una de las muchas respuestas de Felipe Carrillo en *France Inter*, porque pensamos que contiene elementos suficientes para el punto C (conclusión). Los subrayados son nuestros, evidentemente. Véanse nuevamente y se comprenderá la necesidad de los mismos y su fuerte contenido edípico. Hemos subrayado la palabra ciegamente, por ejemplo. Las razones nos parecen más que evidentes. ¿Y cómo no pensar en el *Edipo Rey*, de Sófocles, al encontrarnos con la palabra rey, seguida por las palabras «de la arquitectura en Francia»? –ambas pertenecientes al género femenino. (Nota del autor) [a].

[a] De acuerdo a la metodología pedagógica francesa, no sé si está bien empleada esta *petit a*, pero es sólo para subrayar, con contagio, que esa nota es del autor del artículo... En fin, que no es mía.

63

o)   nuestros numerosos subrayados (y subrayemos, entre éstos, «*mujer madura*». No son palabras de Felipe Carrillo, pero sí pertenecen al conjunto de últimas palabras de Liliane Chabrol que la memoria del arquitecto peruano ha retenido con emoción) = p.

p)   p = o = madre.

Todo esto me devuelve a Genoveva y Bastioncito, pero con ánimos de confesión, ahora. Ellos, ¿no fueron en su momento imprescindibles? Ella, cuando sola, cuando me visitaba aquí en París, cuando a pesar de que yo le decía mi amor, mi Genoveva, ven alguna vez con Bastioncito, una sola vez, eso sí, pero tráelo, tal vez así pare de joder tanto con sus llamadas, desconectemos el teléfono, mi Genoveva de Brabante... Bueno, pero ella, cuando sola, cuando la iba a recoger al aeropuerto, cada vez que me visitaba... Y cuando diario, casi diario, me llamaba en larga distancia, ¿no me quería tanto como yo a ella?, ¿no éramos acaso totalmente imprescindibles, el uno para el otro? La verdad, debería cambiar de confesión: de pronto, Genoveva me está resultando brutalmente imprescindible, más que Eusebia y su bajo vientre y mi nostalgia peruana hundida en su bajo vientre y después todo quedando en nada, porque el mundo fue y será una porquería, en el 506 y en el año dos mil... Ay, mamá Eusebia, ay, mamá Genoveva (lo mucho que les hubiese gustado esto a los de la revista psicoanalítica), ay, bajo vientre, ay, alta cuna, dicen que la distancia es el olvido, pero yo no concibo esa razón... Cambia de párrafo imbécil. A mis años... Ya estoy un poco viejo para boleros... para que los boleros... Cambia de párrafo, animal, aprovecha; cambia de óptica... Mierda, ¿y los bifocales que desde el mes pasado...? Cambia entonces de punto de vista. ¿Y si es que no puedo ya? ¿Crónica de un bolero anunciado?

Total, pues, que me siento entre viejo y jodido. Bueno,

digamos que bifocal, nada más. Una medida para ver a Genoveva, de cerca. La otra, para ver a Eusebia, de lejos, desde tan lejos. Y con la vista cansada. Y el odio cansado. Ídem el amor. Las dos cosas en el mismo lente, el izquierdo. Ese como latido en el ojo izquierdo. Sí, porque estoy entre viejo y jodido, que es exactamente lo mismo, y estoy como bifocalmente, también. Sí. Estoy viejo, vals, hay arrugas en mi frente, criollo, mis pupilas tienen un débil mirar, limeño... Corro al espejo de mi vida. Pero no me muevo. Me río y sigo sentado pensando en *El espejo de mi vida*. He pasado del bolero al vals. Criollo, limeño, peruano, lo cantaba lindo Roberto Tello, «el muchacho de Barranco». Así lo llaman en el disco que tengo ahí guardado. ¿Lo saco? ¿Lo pongo?

He preferido cambiar de párrafo. Se puede, pues, prescindir del anterior. Total que veinte años no es nada, según las más avanzadas corrientes de la filosofía argentina. Véase, si no, algunos textos de Borges, Ernesto Sábato, Carlitos Gardel, Discépolo, etc. No, veinte años no es nada y yo tengo dos veces veinte. ¿Dos veces nada? Eso, exactamente eso, dos veces nada y Genoveva me arrancó precisamente de ese dos veces nada o, por lo menos de sus cercanías, porque lo nuestro empezó hace sólo algunos años, en un período en el cual yo me sentía... Bueno, me sentía peor que ahora. Yo quise, porque se quiere siempre lo que se ha amado terriblemente, dos veces dos. La primera, fue siendo casi un niño, pero, como sigo siendo casi un niño, dura hasta ahora, a pesar de la segunda vez, que también dura hasta ahora, pero que duró lo que tuvo que durar porque Liliane falleció y después apareció Genoveva en mi apartamento y las cosas se precipitaron de tal manera que eso no podía durar más, ahí en el vestíbulo, por culpa de Andrés Zamudio, aunque, justo es reconocerlo, también por culpa de Genoveva, *in extremis*.

CAPÍTULO V

Si hay algo que nunca podré negarles a los de *La Revue Psychanalytique*, es que mi amor por Genoveva fue completamente ciego. Lo mire desde donde lo mire, la verdad es que tuve que estar peor que un topo para no darme cuenta de que ella y Sebastián formaban una de las parejas más sólidas de cuantas he conocido en mi vida. Pero es ahí, precisamente, donde reside lo más conmovedor de nuestra historia. Genoveva, que amaba a su hijo tan ciegamente como yo a ella, enceguectó también de amor por mí, y a punta de tropezones quiso compatibilizar dos cegueras tan excluyentes y que, a su vez, se complicaban con las de Bastioncito, pues éste amaba tan ciegamente a su madre que, a veces, en su afán de verla feliz, cerraba del todo los ojos ante el peligro de mi presencia, motivo por el cual yo cerraba ipso facto los ojos ante el peligro de su presencia, lo trataba con muchísimo cariño, y olvidaba por completo y para siempre, hasta la próxima vez, la bronca que habíamos tenido la noche anterior, por ejemplo.

Noches de bronca, qué triste pasan... Fue culpa mía, me imagino, por haberle pedido a Genoveva ir un poquito más allá de nuestros furtivos encuentros en hoteles de Madrid. Habíamos sido muy felices en París, a pesar del teléfono, pero ahora cada vez que podía me daba un salto a España en busca de la mujer madura que la pobre Liliane me había aconsejado tomar por esposa. Estaba clarísimo: deseaba vivir con Genoveva y terminar para siempre con las tristes despedidas en los aeropuertos. Hasta tenía pensado ya dejar Francia para siempre e instalarme como arquitecto en España, por más que eso también fuera darle gusto a *La Revue Psychanalytique* en todo el asunto aquel de la madre patria y la madre buscada a ciegas como Edipo y la que los parió, si quieren. Y así se lo hice saber a Genoveva. Fue en el bar del Hotel Wellington, durante mi quinta visita a Madrid, y recuerdo que cerró los ojos y aceptó, ciega.

Dos semanas más tarde, puse por primera vez los pies en su departamento, ya casi decidido a una nueva mudanza, y, la verdad, no me pareció tan marrón como me parece ahora ni tan sombrío ni tan triste ni tan nada. Y, en cuanto a Sebastián, que había sostenido largas, muy largas conversaciones con su madre, en vez del muchacho irascible y violento que me había descrito Genoveva, me encontré con un niño bastante alto y «algo gordito», si se quiere, pero niño por los cuatro costados a juzgar por la voz de pajarito campana con que me saludó. Almorzó desnudo, a pesar de los consejos de su madre sobre modales en la mesa y Paquita, pero las cosas mejoraron notablemente no bien nos pusimos de acuerdo en que ya se acercaba el verano y en que Paquita qué mierda.

Ramos nos acompañó durante el almuerzo y, la verdad, lo hizo con verdadero pedigrí, manteniéndose quietecito y sin pedir trocitos de carne ni nada, pero a las finales como que ya no pudo más y le entró un verdadero ataque de tos convulsiva con vómitos y una meada padre. Inmediatamente pasamos al salón, para que las cosas mejoraran notablemente y Paquita pudiera llevar la alfombra a la tintorería. Lorita se mató de risa, no bien nos vio entrar, y en seguida empezó a darnos no sé qué tipo de indicaciones que yo no lograba entender muy bien, pero que indudablemente se referían a Sandwich y al dormitorio de Genoveva.

–¡Se escapó Sandwich! –exclamó Bastioncito, y los tres corrimos a ver. Lo único que quedaba entero en el cuarto de Genoveva era Sandwich, que dormía tranquilamente sobre los restos de mi maleta. Cortinas, frazadas, sábanas, almohadas, colchón, sillas, en fin, qué no había destrozado el gato más grande y peludo que he visto en mi vida, pero las cosas mejoraron notablemente cuando madre e hijo, al unísono, me fueron explicando el origen asiático y carísimo del pobre Sandwich, que hacía esas cosas porque se encontraba muy solo en Europa y pertenecía a una especie capaz de matar a zarpazos hasta un tigre, o sea que lo que yo estaba viendo no era nada más que una simple manicure y todo por culpa de la tonta de Paquita que no había cerrado bien la puerta de la cocina.

–¡Como se haya escapado Kong! –gritó, entonces, Bastioncito, y los tres corrimos a ver, pero la verdad es que ahí no había nada que ver, según me explicaron madre e hijo, al unísono, porque como siempre a esa hora de tibia siesta, Kong estaba explotando feliz y al máximo las posibilidades de su propio cuerpo.

La tarde continuó con un ajetreo loco de la pobre Paquita, que finalmente logró poner algún orden y bastante costura en los destrozos de Sandwich, sacrificando las piezas que no tenían salvación. En todo caso, nos anunció Paquita, el dormitorio de la señora podía ser utilizado desde esa misma noche. Acto seguido, nos anunció también el té de las siete, que fue el té y simpatía más tenso al que he asistido en mi vida. La noche, la hora de la verdad, se acercaba, en efecto, y Ramos estaba hecho un saquito de nervios con gotitas de pila en la alfombra y todo, porque él era como el termómetro de nuestros monólogos interiores y sabía que ya los tres estábamos pensando que la noche se acercaba peligrosamente.

Pero qué bien disimulábamos todavía, para que las cosas no empeoraran notablemente, aunque ahí, con toda seguridad, Genoveva no sabía qué hacer con Bastioncito, Bastioncito no sabía qué hacer conmigo, tampoco, y yo no sabía por qué demonios no le había dado cita a Genoveva en un hotel. Y es que no podíamos seguir la vida entera con cosas como la del azucarero. Todos quisimos servirle azúcar, antes, a todos, motivo por el cual a todos se nos derramó una buena cantidad de té y, por último, entre todos hicimos añicos el azucarero por intentar agarrarlo primero en una disimuladísima batalla campal.

Llegó por fin la noche y los tres tuvimos que asumir que había que dormir y que para eso había que acostarse con separación de cuerpos. Sebastián dormiría en su cama, Genoveva en la suya, que era individual y estaba separada de mi cama, también individual, por la mesa de noche más ancha que he visto en mi vida. Ésta era una de las muchas condiciones *sine qua non* impuestas por Sebastián a su madre, durante las largas conversaciones previas que tuvieron con motivo de mi llegada y quedada en el departamento.

Y así empezaron las noches más largas de mi vida y, con o sin bronca, nunca fui sometido a tan espantosas e interminables pateaduras de *coitus interruptus*. Todo arrancaba con las despedidas de Bastioncito y su madre. Eran unos verdaderos bárbaros para despedirse y cualquier intento de Genoveva de ponerle fin a tanto desgarramiento, a tan atroz separación, era seguido del inmediato anuncio, por parte de su hijo, de una manifestación ácrata, al día siguiente. Creo que nada los excitaba tanto como las manifestaciones ácratas, y ahí arrancaban otra vez las carreras de Genoveva hacia el dormitorio de Bastioncito. Yo, a veces, la seguía, más que nada por ver cómo era el incesto, pero me detenía a mitad de camino para no caer en el juego de la manifestación. Pero uno va cayendo siempre en esas cosas y hasta hoy recuerdo que una de las razones que me indujeron al experimento de Colán, fue precisamente el convencimiento de que en esa playa jamás habría manifestación alguna. Sí, así fue, y ahora me doy cuenta hasta qué punto fui cayendo en el juego que más los excitaba, el de la manifestación, y luego en otro y en otro, hasta que empecé a perder la paciencia y el control de la situación.

Cualquiera hubiera perdido el control de las cosas, en mi lugar. Qué noches, qué broncas, qué esperas, qué tal cantidad de *coitus interruptus* a la que me sometieron. Porque nada terminaba con la última despedida de Genoveva. Uno podía decirse ya, por fin se quedó tranquilo el monstruo, pero no había pasado ni un minuto y el monstruo ya estaba paradito y temblando en la puerta de nuestro dormitorio. Lo que quería ver ahora era cómo me despedía yo de su madre, porque de su madre sólo me podía despedir con un platónico beso en la mejilla, uno solamente pero era suficiente para que él se pegara tremendo cabezazo contra la puerta. Sobrevivía, sin embargo, y entonces yo procedía a hacerle el más tierno adiosito con la mano, a apagar platónicamente la lámpara, a dormirme asexuado y dándole la espalda a Genoveva, que procedía a hacer lo mismo, en fin, cualquier cosa con tal de que el tipo se largara de una habitación en la que no pasaba platónicamente nada.

Después venían las horas en que Genoveva y yo permanecíamos de espaldas, después aquellas en que, siempre de espaldas y en camas separadas, rogábamos al cielo que Bastioncito se hubiese dormido, por fin, pero entonces arrancaba el teléfono, nada menos que el maldito teléfono que el monstruo tenía en su habitación. Descolgaba, golpeaba el interruptor como quien busca línea, y con ello lograba que en el teléfono de Genoveva empezara a sonar tin, tin, tin, sobre la mesa de noche que nos separaba casi tanto como su hijo. Genoveva respondía al tin, tin, tin, con otro tin, tin, tin, y eso parece que los excitaba tanto como una manifestación ácrata, o casi, porque lo cierto es que Genoveva salía disparada rumbo a una nueva sesión de despedidas interminables. A veces volvía ya con su desayuno, seguida por Sebastián con su desayuno, seguido por Paquita con mi desayuno, motivo por el cual recuerdo haberme masturbado una vez por dos razones: la necesaria, porque realmente ya no aguantaba más, y la orgullosa, para manchar la sábana y que Paquita viera que, al menos de vez en cuando, el señorito peruano logra hacer algo con mi señora.

Pero la monstruosidad de Bastioncito llegó a su punto más alto cuando empezó a hacernos creer, a Genoveva y a mí, que se había quedado dormido porque nosotros le habíamos hecho creer que por fin nos habíamos quedado dormidos y de espaldas. Cerrábamos entonces la puerta del dormitorio, encendíamos un momento la luz, fumábamos un cigarrillo, y tratábamos de analizar la situación. Genoveva lo reconocía: era increíble, no lograba controlarse, sufría tanto por su hijo, soñaba con que el tiempo arreglara las cosas y soñaba conmigo. Entonces le decía que también yo soñaba con ella, noche tras noche, y a veces hasta la hora del desayuno, por si no te has dado cuenta, mi amor, que era cuando ella me sonreía con toda su ternura, apagábamos los cigarrillos, cediéndonos el paso al cenicero, llenos de amor en la mirada, apagábamos la lámpara, cediéndonos el paso al interruptor, llenos de muy sexualmente, y entonces hacía yo mi ingreso bajo su sábana, que ella alzaba como quien intenta esconderme del mundo para siempre, que luego bajaba porque al fin me había capturado y quería acariciarme como yo la había acariciado desde que ingresé en su cama, en fin, preparándolo todo para el ingreso del amor en la realización del tan tan esperado coito, que era justo cuando ingresaba el tin, tin, de Bastioncito que arrojaba a Genoveva sobre el teléfono, dejándome a mí en cualquier posición y erección.

Esto ocurrió tantas veces que, al final, con los nervios deshechos, opté por aligerar el trámite, a ver si Genoveva aprendía de una vez por todas. Una noche, la última que pasamos en aquel departamento que hoy recuerdo como marrón y triste, fui yo mismo quien ocasionó la interrupción del amor, descolgando sorpresivamente el teléfono de Genoveva, golpeando varias veces el interruptor, y enviando varios tin, tin, hasta el dormitorio de Bastioncito. La que se armó, por Dios santo, el tipo creyó que le había enviado señales de humo consumado, por fin, y ahí en el medio de la sala se armó la grande entre madre e hijo, con interrupción mía, hacia la mitad de la pelea, porque Bastioncito casi mata a su madre desnuda de un golpe, y esto sí que no lo voy a aguantar y vas a ver, mocoso de mierda, que fue cuando yo también casi lo mato desnudo, tremendo golpe que él no se atrevió a responderme, motivo por el cual se trajo al suelo toda una vitrina de antigüedades de ésas cuyo costo puede ser evaluado.

Lo único perfecto en ese apartamento fue siempre la calma chicha con que Paquita se pasaba noches íntegras de bronca sin dormir ni protestar. Luego barría los escombros, mientras Genoveva, su hijo, y yo, descansábamos después de la tormenta. Y por fin, nada había pasado para Paquita cuando, a pedido de la señora o de Sebastián, aparecía con el desayuno para tres monstruos que se llevan de lo más bien.

Así fueron mis visitas a Madrid y mis relaciones con Genoveva y Sebastián, desde que decidí ponerle punto final a nuestros furtivos encuentros en un hotel, a pesar de las advertencias de más de un amigo madrileño. Los únicos momentos buenos los pasábamos cuando íbamos a alguna parte, con lo cual terminamos saliendo día y noche juntos. Eso era malo para Sebastián, por sus estudios, pero la verdad es que siempre tenía buenas notas y muy pocas veces llegó tarde al colegio debido a nuestras salidas o broncas nocturnas. Por otra parte, Sebastián, a fuerza de andar de un lado a otro con su madre, se había acostumbrado a vivir en un mundo adulto en el que nunca desentonaba y parecía encontrarse muy a gusto, a pesar de que muchas veces la gente lo recibía con cara de sorpresa, haciéndole sentir que en esa casa o en ese bar sólo contaban con la presencia de Genoveva y su novio. Después, ya de regreso a París, eran ésos los momentos que yo tendía a recordar con más frecuencia. Luego venían las llamadas de Genoveva, casi diariamente, y los malos momentos se iban haciendo humo en Madrid y en París porque hasta Sebastián conversaba a menudo conmigo y me preguntaba siempre cuándo pensaba regresar. Me lo preguntaba con interés, con sincero interés y cariño, y asimismo le respondía yo. Y empezaba a pensar en algún regalo para mi próximo viaje y olvidaba todo lo que me había contado la gente. O me reía al recordar a aquel buen amigo de Genoveva que un día me dijo, medio en broma, medio en serio, que nunca llegaría a nada, que por más que ahí nos quisiéramos todos, nunca llegaríamos a nada.

–¿Por qué? –le pregunté.

–La razón es muy sencilla, Felipe: Genoveva y Sebastián forman la pareja más sólida de todo Madrid.

Todas estas frases y advertencias me parecían una enorme exageración, y cuando se las contaba a Genoveva, ella las escuchaba con cierto desdén y hasta con desprecio. Son cosas de la gente, me decía siempre, explicándome que en Madrid el pasatiempo preferido era hablar mal de todo el mundo, y que entre nuestros amigos había algunos que la envidiaban por su trabajo y que se la desquitaban diciendo sandeces sobre el pobre Sebastián. Que Sebastián era un adolescente muy frágil y muy difícil, de acuerdo, que ella era muy débil con su hijo y tenía verdadero pavor de verlo sufrir, también de acuerdo. Pero había algo mucho más importante que todo eso. Ella y yo nos amábamos y, en el fondo, Sebastián también me quería. Con tiempo y paciencia, las cosas se podrían arreglar. Y, en todo caso, a ella le parecía absolutamente ridículo que yo hiciera caso de la gente mal intencionada, gente que en el fondo nos envidiaba como pareja y como todo. Ya vería yo, pronto llegaría el verano y podríamos pasar una temporada deliciosa en El Espinar. Unos buenos amigos, que nada tenían que ver con el mundillo madrileño que yo conocía, nos habían invitado. Huiríamos del calor de Madrid, tendríamos una deliciosa piscina privada, y pasaríamos primero dos semanas sólo con Sonsoles y Claudio, los dueños de casa. Sebastián vendría recién en la segunda quincena de agosto porque su padre siempre se lo llevaba a Ibiza las primeras semanas de ese mes.

CAPÍTULO VI

Deliciosa primera quincena de agosto en El Espinar, deliciosa y sin embargo como para rasgarse las vestiduras, mesarse los cabellos, preguntándose una y mil veces, con desesperación, por qué demonios la vida no puede ser siempre así. Genoveva sentada al borde de la piscina con una tanga de padre y señor mío. Genoveva en el automóvil sport de Sonsoles y Claudio, los cabellos rubios, largos y lacios de Genoveva, sus cabellos juguete del viento. Yo, juguete de Genoveva sentada al borde de nuestra inexpugnable e inmensa cama doble, en la antesala y en el centro mismo del amor, acertando tiernos en nuestras caricias, dando justito en el blanco del amor... Genoveva... su cuerpo fino y espigado, su pecho adolescente a pesar de las décadas, casi cuatro, le recordaba yo por fastidiarla, a pesar de la maternidad dos veces, le recordaba yo por halagarla, y a pesar de Bastianito Ito tan gordote y tan fofito, le recordaba yo porque nada en el mundo podía molestarla en aquellos días, en aquellos quince días de El Espinar, los más perfectos y felices de nuestra muy imperfecta e infeliz relación como pareja.

Genoveva con Sonsoles, que era otra delicia, pero también tenía su Felipe Carrillo, llamado Claudio, que era el tipo más simpático y positivo del mundo, e igualmente tenía su Genoveva, llamada Sonsoles. Intimidad, sensualidad, piropos y palmaditas en las nalgas de una pareja a otra, porque España ha cambiado un montón y ya sucede en las mejores familias y al aire libre, que es lo más importante, porque entonces es cuando de verdad no pasa nada más que aquello que es natural en la naturaleza humana y en las intermitencias del corazón, también, puede ser, pero en mi caso y en el de Genoveva no podía ser por nada de este mundo, porque en el fondo, pobrecitos, estábamos tan conscientes de que el dieciséis de agosto llegaba Bastianito Ito, o Bastioncito, o Miplatanito, o, a lo mejor, hasta Sebastián, porque todo dependía del estado de ánimo en que lo encontráramos al bajar del tren.

Y todo esto porque Sebastián fue, era, es, y, estoy seguro, seguirá siendo Sebastián, y en sus tres llamadas al día y sus diarias cartas desde Ibiza, anunciaba una dosis de sufrimiento con crisis interior, acompañado del más terrible hastío de una isla inmunda para turistas vulgares, y contaba que el otro día, por ejemplo, le había pisado la teta izquierda a una inglesa color arena que, además de todo, mamá, me sacó la lengua, se relamió como una puta, que es lo que era, y por último, mamá, me dijo que por favor tratara de pisarle la otra. Esto es pura teta, mamá, y te juro que el verano próximo ni tú ni papá se ponen de acuerdo, a espaldas mías, para enviarme a este asqueroso depósito de tetas inglesas y alemanas, que además te persiguen y no cesan de acariciar a Ramos como si yo fuera un imbécil que no se da cuenta de que así empiezan esas cosas que ellas vienen a buscar aquí.

Bueno, pero esto en lo que se refiere al hartazgo sensual del gran Sebastián. Me lo puedo imaginar, pobrecito, caminando con Ramos por aquellas playas pobladas de tetas arrojadas en la arena, mirando de arriba abajo lo que ya de por sí estaba abajo, porque Sebastián sabía mirar también de arriba abajo lo que se encontraba muy por encima de él, y esto de nacimiento, pero en cambio da pena, quiero decir que hasta hoy me da pena imaginarlo caminando con sus rulos negros al viento y esos ojos de afiche andaluz que definitivamente y para su desesperación, al igual que sus enormes y muy bien cultivados rulos negros, no había heredado de su madre ni de su padre, tampoco, que yo sepa. Me fui por la tangente al desvío, cuando lo que quería, en realidad, era poner especial énfasis en las cartas de Bastioncito, porque en ellas hacía constantemente alusión a una fuerte dosis de sufrimiento adolescente con crisis interior. A veces, incluso, se explayaba sobre el tema con meridiana claridad y terribles consecuencias, a juzgar por los silencios profundos en los que se hundía Genoveva, no bien terminaba de leer por décima vez la carta, y según pude comprobar después. Y todo esto a pesar de nuestra inmensa felicidad y de la alegría constante de Claudio y Sonsoles, que ya nos veían casados, que ya veían a Sebastián haciéndose todo un hombrecito en un internado, haciéndose luego de algunos amigos en la universidad, y finalmente, que era cuando Genoveva más suspiraba, haciéndose todo un hombre en el servicio militar obligatorio. Pero todo aquello pertenecía a un futuro que yo no me atrevía a calificar de hipotético, porque eso sí que habría fastidiado a Genoveva, y de lo que se trataba ahora era del sufrimiento presente de Sebastián en Ibiza.

Era terrible, espantoso, y era, además, madre mía, la que se nos viene encima la segunda quincena de agosto. Yo comprendía, por supuesto, que por más que lo llegara a querer, nunca sería el padre de Sebastián, porque Sebastián quería mucho a su padre. O sea que también comprendía, por supuesto, que Genoveva se negara a darme a leer esas cartas. A solas, sin embargo, las cosas se comprenden muchas veces de otra manera, por lo cual, no bien Genoveva se metía al baño, yo abría el cajón de la correspondencia y me iba poniendo al día de todo aquel acontecer ibicenco.

Me enteraba, entonces, para mi desesperación en medio de tanta felicidad, de que corría el grave riesgo de no llegar a ser ni siquiera el padrastro de Sebastián (o como se llame el esposo de la madre de la criatura cuando vive todavía el ex esposo de la madre de la criatura), ya que el muy cretino parecía dispuesto a matarme, en sus cartas, y yo realmente lo estaba odiando a muerte mientras las leía. Porque el asunto tenía mucho que ver con Goethe y el sufrimiento del joven Werther, enamorado de una mujer enamorada de otro hombre, pero muchísimo más tenía que ver con las terribles enseñanzas del terrible Sigmund Freud.

Sebastián se había enamorado con diario íntimo y todo, que traería el dieciséis de agosto para que lo leyera su madre (y que –cito–: «por nada del mundo vaya a tocar el cretino de Felipe Carrillo»). Pobrecito, se había enamorado de verdad, lo cual habría podido ser la solución de todos nuestros problemas, siempre y cuando, claro, ya que con él siempre tenía que haber un siempre y cuando, por supuesto, y en este caso consistía en que Sebastián se había enamorado de verdad, mamá, de una chica de mi edad, mamá, pero que es exacta a ti, mamá, y que desgraciadamente tiene novio, mamá, y que desgraciadamente es inglesa, mamá, porque la miro desde mi escondite, mamá, un cerrito de arena que me he hecho a unos veinte metros del lugar en que se echa en la playa, mamá, y hablan con acento inglés o sea que los dos han venido juntos y se van a ir juntos de regreso a Inglaterra, mamá, y lo peor de todo es que yo partiré antes, mamá, porque tengo mis billetes para el dieciséis y ellos seguro que han venido por todo el mes de agosto, mamá, pero ya verás que no te fallo, mamá, porque así lo he escrito en mi diario y pase lo que pase con la chica yo me voy el dieciséis, mamá, aunque lo que me está matando, lo que es demasiado fuerte para mí, mamá, es que la quiero y lloro sobre la arena porque ni cuando la veo sola me atrevo a acercarme, mamá, me traga mi timidez, mamá, cuánto sufro, mamá, y a veces por la noche sueño que cuando llegue a El Espinar no me voy a atrever a acercarme a ti, mamá, y cuando despierto me doy cuenta de todo y bajo corriendo, construyo mi cerrito de arena, Ramos ladra y se mea, le pego, y justo entonces me doy cuenta de que odio a ese inglés de mierda tanto como a Felipe Carrillo, mamá.

La que se arma cuando éste regrese, pensé, considerando al mismo tiempo lo relativa y breve que puede ser la felicidad. Día a día, los sufrimientos del pobre Sebastián iban cambiando allá en Ibiza. De la euforia que le entraba cuando se decía mañana, sí, mañana le hablo, mañana le hablo de todas maneras, en cuanto la vea sola, le hablo, mamá, pasaba al desencanto total y la postración depresiva del que no había logrado hablarle, aunque ella le sonrió tímidamente, y todo por mi maldita timidez, mamá, tú tienes toda la culpa, por haberme acostumbrado a hablar sólo contigo, mamá, y además papá no me entiende, mamá, y por supuesto que él ya se encontró una pareja para estas vacaciones de mierda. Después, Sebastián cambiaba nuevamente y, entre signos de exclamación, escribía ¡mañana le hablo, mamá!, pero al día siguiente no se había atrevido a hablarle, ni siquiera a moverse de ahí detrás de su cerrito de arena contemplador, tampoco, cuando el inglés de mierda, que debe llamarse Felipe, mamá, se fue tres veces a comprar helados. El tono de la carta cambiaba nuevamente, entonces, y todo se iba a la mierda en Ibiza, en fin, todo cambiaba en Ibiza menos el cerrito de arena del miedo, la timidez, el asombro, y las gotitas de pila nerviosas de la voz de su amo.

Había que hablar con Genoveva, tenía que hablar con Genoveva, necesitaba hablar con Genoveva a solas, primero, y con la compañía y los buenos consejos de Sonsoles y Claudio, en seguida, ya que ambos no sólo nos veían casados ya, sino que, además, lo que más deseaban en el mundo era ver a Genoveva casada conmigo, costara lo que costara, por no hablar del internado de Sebastián, del cual, dicho sea de paso, teníamos que volver a hablar porque formaba parte indispensable del enorme costo de nuestra feliz operación matrimonial.

Para hablar a solas con Genoveva recurrí a la noche en la cama doble y, tras haberle jurado que no sentía la menor curiosidad por saber qué decían las cartas de un hijo a su madre, eso sería hasta malsano, mi amor, logré que me contara con pelos y señales toda la historia del cerrito, la inglesita que tenía unos senos exactos a los de ella, adolescentes según Sebastián, Felipe Carrillo, y el inglés de mierda que impide que mi hijo se acerque a la chica y le hable. Logré incluso más pelos y señales de los que me esperaba, porque sin duda alguna se me había pasado una carta en que Sebastián contaba cómo lo flechó Cupido en Ibiza.

Resulta que iba, como siempre, esquivando con Ramos tetas y más tetas que dan asco, cuando de pronto, hastiado, sintió ganas de vomitar y miró hacia otro lado, produciéndose en ese abrir y cerrar de ojos una desaparición total de lo nauseabundo ibicenco y, te juro que me lo jura, Felipe Carrillo, en un instante se le fueron también las náuseas y hasta Ramos, que ya sabes lo cortadísima que tiene la cola, empezó a mover como loco lo que le queda de cola al pobre, porque la chica, que debe tener unos dieciséis años, se parecía un montón a mí, Felipe, y, te juro que me lo jura, mi amor, mi Felipe Carrillo, en seguida Bastioncito observó *topless* que los senos adolescentes y todo en la inglesita se parecía a mí, y ahí fue cuando por primera vez Ramos y él se arrojaron al suelo para construir un cerrito de arena...

Bueno, el resto de la historia ya la he contado, o sea que no tengo por qué repetirla, aunque hay una carta en que la descripción de los senos ingleses de la chica de Ibiza se volvía tan minuciosa y coincidía de tal manera con la que yo hubiera hecho de los senos de Genoveva, de haber sido escritor porno, que a ellos me entregué cuerpo y alma, contando al mismo tiempo, en el fondo de mi desesperación, los días que faltaban para que el cretino de Sebastián se nos presentara con toda esa mermelada en el corazón. Fue una noche feliz, demasiado feliz, tan feliz para un ser desesperado que, a pesar de todo lo oído, previsto, imaginado, calculado, etc., para el día dieciséis de agosto, me desperté completamente optimista y justo terminé de abrir los ojos y de tomar conciencia de mi estado pluscuamperfecto cuando vi que Genoveva entraba con la bandeja del desayuno.

–Ponte *topless*, mi amor –le imploré, para que el verbo se hiciera carne.

Me mató, la muy sinvergüenzona, o sea que tomamos el desayuno helado y, como agregaría el tango: estuve un mes sin fumar. Ah... Cuando Genoveva me mataba así, qué pluscuamperfecto ni nada, hasta mataba a Sebastián, de paso, y todo era posible. Y todo estaba a punto de ser realmente posible, ahí, yacientes de amor, cuando recordé que me quedaban sólo cuatro días de felicidad asegurada y que no, que por nada del mundo debía cejar en mi empeño de hablar seriamente con Genoveva, más que nunca ahora, además, porque todo podía venirse abajo por el asunto *topless* de Ibiza, y mátame de amor si quieres, sinvergüenzona, pero mátame hablando, te lo ruego. O sea que le pedí otra taza de café, hirviendo esta vez, por favor, vidita, porque tenemos que hablar, tenemos que hablar de Sebastián aunque se nos vuelva a enfriar el café, mi amor.

Lo bien que estuve esa mañana en cuestión de decisiones, lo bien que comprendió, una por una, todas mis razones, Genoveva, y la mucha, la muchísima razón que me fue dando en todo. Sebastián iría interno, terminaría el colegio en un internado, saldría de ese internado los fines de semana, pero uno sí y otro no a casa de su padre, en Bilbao, aunque haya que gastar una fortuna en avión, yo la pago, mi amor. Y cuando termine el año escolar, escúchame bien, por favor, Genoveva, Bastioncito irá a pasar la mitad del verano con su padre, luego la mitad de la mitad que queda la pasará con sus primos de San Sebastián, porque ya es hora de que empiece a tener amigos de su edad, en vez de enemigos de la nuestra, mi amor, después visitará a su adorable abuela materna, y cuando ya quede muy poco tiempo para que empiecen nuevamente las clases, mi amor, sin meterme mano, ay, por favor, que se enfría el café y estoy hablando muy en serio y para siempre jamás, mi amor, pues entonces unos diítas con nosotros porque lo nuestro recién se está edificando, mi amor, y perdóname porque soy arquitecto y no sé hablar de otra manera, Genoveva, pero es preciso que comprendas que lo nuestro recién se está edificando o construyendo o como quieras llamarle, mi amor, ay, la manita, por favor, ay, y mira, recién ahora se me ocurre que para algo sirve hablar como arquitecto, porque dónde has visto tú que algo se edifique sin un plan previo, toda una reflexión sobre el medio ambiente y el hábitat, mi amor, perdona, pero por última vez te digo que las cosas hay que planearlas al milímetro en nuestro caso y que, cuanto menos vea yo a Sebastián, más lo querré, en fin perdona, mi amor, no es exactamente eso lo que quise decir pero con tu mano, ay, quién puede, mi amor...

A la piscina, el lugar elegido por mí para que Genoveva y yo lo conversáramos todo de nuevo con Sonsoles y Claudio, llegamos casi tan cansados como ustedes al fin de esta frase, seguro. *A la piscina, el lugar elegido por mí para...* Hay que ver lo mal que escribe uno algunas tardes. Precisamente por eso hay que valorar a escritores tan importantes como Augusto Monterroso, que son capaces de escribir un cuento de una sola línea, como ese que se llama nada menos que *Fecundidad*, y dice así: «Hoy me siento bien; un Balzac, estoy terminando esta línea.» Bueno, también yo voy a terminar este párrafo con toda la fecundidad posible. Los amantes de El Espinar llegaron tan cansados al borde de la piscina, que sus amigos les dieron toda la razón del mundo, cuando ella, loca de amor, repitió todos los argumentos que él le había dado para meter al chico en un internado. Y mientras hablaba, iba asintiendo con la cabeza, como quien se da la razón a sí misma y, al mismo tiempo, le va dando la razón a Felipe Carrillo, que tenía toda la razón del mundo. Entonces él, asintiendo a su vez con la cabeza, empezó a repetir todas las promesas que Genoveva le había hecho, como si fuera él mismo quien se las había hecho a ella. Después, las promesas y decisiones se convirtieron en juramentos, y Sonsoles y Claudio corrieron a buscar el champán y las copas, y había que ver a Felipe Carrillo, chino de felicidad matrimonial, cuando muy para sus adentros, eso sí, dijo: «Al fin logré joderte, Platanazo de mierda.»

Pero el que ríe último ríe mejor, y fue sin duda por eso que Platanito Ito bajó tan cabizbajo y triste del tren procedente de Madrid. Lo miré sonriente mientras se encogía todito para abrazar rarísimo a Genoveva, metiendo la cabeza entre sus senos y besándolos mil veces, ahí, delante de medio mundo, porque se parecían tanto a los senos adolescentes y sin náuseas de la inglesita de Ibiza, a esas tetitas en flor y bien paraditas que día tras día, escondido con Ramos detrás de su cerrito, había soñado acariciar, manosear, besar, babosear, y todo con tremendo viceversa y doble crisis interior con diario íntimo, porque si te fijas bien, Ramos, son el vivo retrato de las que mi mamá debe estar compartiendo en El Espinar con el mierda ese de Felipe Carrillo.

Qué bestia para desahogarse, pensaba yo, parado ahí en el andén, mientras Claudio y Sonsoles contemplaban turulatos las cosas tan raras que hace este chico y yo seguía la escena con santa paciencia y sádica sonrisa de internado, universidad, servicio militar obligatorio, y besa nomás, huevón, desahógate, tú desahógate nomás que ya verás lo que te espera. Luego, cuando por fin madre e hijo salieron del clinch, todos le dimos la bienvenida a Sebastián, y yo fui incluso particularmente cariñoso y le di cuatro besos del tipo como decíamos ayer.

Desgraciadamente, por la noche ya todo había cambiado y Genoveva evitaba mis miradas. Nada hacía en cambio por evitar los besos y caricias en cámara lenta con que Sebastián le reclamaba derechos mucho más antiguos que los míos y encierros de vals vienés que debían excluirme por completo, a juzgar por la manera en que se desarrollaban los acontecimientos. Y lo cobarde e hipócrita que era el muy imbécil, además, porque delante de Claudio y Sonsoles se comportaba con la corrección del huésped más educado del mundo, ofreciéndose a cada rato para traer hielo, whisky, vasos, más hielo si quieren, yo lo traigo, yo lo traigo, y cosas por el estilo, hasta que ocurrió el famoso incidente de los perros. O, más bien, hasta que llegó el momento del asesinato frustrado, como se verá dentro de un ratito.

Cómo se escapó Traveler, el inmenso y bravísimo mastín de los dueños de casa, es algo que yo supe desde el primer momento. Y de buena gana hubiera dejado que se comiera vivo al eléctrico Ramos, a quien ya Bastioncito le había puesto su cadena para un paseíto por la urbanización. Después había entrado en la casa, diz que para buscar una chompa porque la noche estaba muy fría. Total que Ramos se había quedado vagando por el inmenso jardín, cuando por la misma puerta y con sólo segundos de diferencia, aparecieron el perrazo y el niñazo ladrando y gritando como locos, y en desenfrenada competencia por ver cuál de los dos alcanzaba primero a Ramos, que huía despavorido por todo el jardín, por toda la casa, por entre las piernas de Sonsoles, de Genoveva, las mías, debajo de las mesas, sillas, debajo de todos los muebles por los que Traveler no lograba pasar, y con Claudio detrás, amenazándolo a gritos, y con Bastianito Ito paralizado en medio del jardín porque, de acuerdo a sus planes, que no cesaba de chillarnos histéricamente, el hijo de puta de Felipe Carrillo

84

había cerrado mal una puerta a propósito, mamá, para que me maten a Ramos, ¡mamáaaa!

La suerte quiso, sin embargo, que el hijo de puta de Felipe Carrillo fuera quien, finalmente, lograra pescar un extremo de la cadena de Ramos y elevarla en el aire con perro y todo, para luego tenerlo varios minutos girando y girando como esos avioncitos del aeromodelismo, hasta que por fin Claudio logró agarrar a su perro como pudo, felizmente, porque evite usted que un perro furioso le saque la chochoca a otro y verá cómo termina usted cosido a mordiscos, igualito que en los crímenes cuando la víctima ha sido cosida a puñaladas.

Ah, pero lo mejor de todo era ver la cara de frustración del cretino de Bastioncito. Le había fallado el golpe, un golpe minuciosamente preparado para reconquistar el amor eterno de su madre, que ahora era también el amor entero de su madre, pues incluía tetitas y todo, desde lo de Ibiza, y que yo, ni cojudo, ya me había leído íntegro entre las páginas 33 y 47 del diario íntimo, mientras los edípicos se deshacían en confesiones al borde de la piscina, primero, y luego se deslizaban dos en uno al agua con grititos de ay qué frío y yo te mojo y tú me mojas y hasta se jabonaron uno al otro en las caricias sin jabón que precedieron al vals vienés que yo mismo les puse para que pudieran iniciar maravilloso ballet acuático y la verdad es que ahí nadie sabía cuál era Esther Williams, que fue cuando aproveché para hacer mutis por el foro, salir disparado, registrar íntegro el equipaje de Sebastián, encontrar la isla del tesoro en dos cuadernos de elegante encuadernación, leer Tomo I (Ibiza) y Tomo II (El Espinar), escrito con letra de niña de los Sagrados Corazones, y encerrarme con siete llaves en el baño. Ajá, conque habrá tomo dos sobre El Espinar, me dije, tomando asiento donde generalmente lo toma uno en un baño, aunque esta vez llevado por otro tipo de urgentes necesidades. En la página 64, descubrí la siguiente perla: «Mañana a estas horas ya estaré en El Espinar. Traveler me será muy útil. Con la ayuda del mastín tendré a mamá toda para mí. Haré creer que Felipe Carrillo ha soltado a Traveler para que mate a Ramos, porque me odia y sabe cuánto quiero a mi perro. Ramos morirá. Y en el instante de su muerte mamá y yo seremos la chica inglesa y el chico inglés.» Después había escrito «para siempre», en inglés, pero con pésima ortografía.

Para atrocidades, me bastaba por el día, así que abandoné la silla eléctrica, porque créanme que así de mal se puede sentir uno cuando lee semejantes cosas, salí del baño, guardé los cuadernos en su debido desorden, porque el huevas tristes de Bastianito Ito era, además de todo, lo más desordenado que hay en el mundo, casi tan desordenado como malvado, digamos, y procedí a dejar que las cosas siguieran su curso anormal. De ahí la cara de frustración de Sebastián, de ahí que durante todo el día permaneciera yo muy atento, sin que nadie lo notara, a cada movimiento del monstruo y su perrito, y de ahí que todo el mundo en la casa y en este libro haya pensado hasta ahora que, como dije anteriormente, la suerte quiso que fuera el hijo de puta de Felipe Carrillo quien finalmente lograra pescar un extremo de la cadena de Ramos y elevarla en el aire con perro y todo. Bueno, tuve suerte en lograr pescarlo, eso sí, pero creo que si todo me salió tan bien fue porque el incidente no me pescó desprevenido, como a los otros, y desde el primer instante de la fuga de Ramos me tomé las cosas con la serenidad necesaria para pescar la cadena al vuelo, con un poquito de suerte y nada más, tras haber estudiado detenidamente el itinerario completo de su despavorida fuga.

Y ahora me debatía entre ser el hombre que ha arriesgado su vida por salvar la vida de un perrito de mierda, y ser el hombre que sabía demasiado. Pensé mucho, esa noche, horas estuve pensando, sentado ahí en la terraza, como quien reposa después de un gran susto, en la enorme ventaja que le llevaba a Sebastián en la guerra sucia por el amor de Genoveva. Sebastián me había declarado esa guerra, sin sospechar jamás que yo también era capaz de emplear procedimientos casi tan sucios y atroces como los suyos. Porque hay que estar enfermo, realmente muy enfermo, para querer matar a un perro, sólo para fingir un sufrimiento que nos devuelva íntegra la atención de una madre. Pero también, claro, algo de enfermizo tiene que haber en eso de andar leyendo a escondidas las cartas de un adolescente a su madre, primero, y su diario íntimo, después. ¿Cuál sería mi próximo paso? ¿Espiar por las cerraduras de las puertas y seguir hurgando en maletas, cajones, bolsas y carteras, cada día más y más? No, ése no podía ser el próximo paso de un hombre de cuarenta años que amaba realmente a una mujer como Genoveva. Ella necesitaba mi máxima comprensión y ayuda. Sí, la necesitaba y la tendría, sobre todo ahora que yo llevaba la ventaja de saber hasta qué punto podían llegar las cosas. Era horrible, claro, era hasta como para salir corriendo, para huir y no volver más, como para dejarlos ahí con ese amor definitivamente incestuoso.

¿Pero, y mi amor? ¿Y mi amor por Genoveva? Lo sentía enorme, lo sentía más enorme cuanto más me preguntaba. Y me sentía valiente, decidido, sabedor a ciencia cierta de que un muchacho enfermo de dieciséis años, por más difícil y endemoniado que fuera, no iba a obligarme a dar pasos que eran todo lo contrario de los que yo quería dar. Porque todos mis pasos me llevaban a los brazos de Genoveva. Por ella quería abandonar una espléndida situación en París y empezarlo todo de nuevo, en Madrid. Genoveva era Madrid para mí y mis pasos me llevaban todos hacia Madrid.

Sí, sí, y sí, me repetí, una y mil veces, antes de darme cuenta de que ya todo el mundo debía haberse acostado y de lo cansado que estaba. A camita y a hacer tuto, me dije, encaminando mis pasos emocionados hacia el dormitorio en que Genoveva me esperaba más que nunca, después de lo ocurrido. Yo era el valiente que le había salvado la vida a su querido Ramos y, en cuanto a lo demás, hay cosas que es preferible guardar para siempre en un silencio lleno de besos. Sí, eso mismo. O sea que di mi último paso, abrí la puerta, miré, vi lo que vi, di media vuelta, y salí disparado en busca de una botella de whisky. Y tardé como dos horas en contarle al vaso *on the rocks* que Genoveva y Sebastián dormían juntitos y muy plácidamente, en el mismo lugar en que hasta anoche Genoveva y yo habíamos dormido juntitos y muy plácidamente, o sea, mi querido trago, en la primera página del segundo tomo del diario íntimo, porque el primer tomo se llama Ibiza, y el segundo, El Espinar.

CAPÍTULO VII

Desperté contemplando un azafate con el desayuno más triste que me han servido en mi vida, y dije que prefería continuar *on the rocks*, porque un café en esas circunstancias me parecía más bien cosa de velorio, agregando al cabo de un instante, y en plan de punto final, que no quería tener más vela en ese entierro. Pero una gruesa lágrima resbaló entonces con tal intensidad por la mejilla empapada de Genoveva en bata, que no sólo se destacó entre todas las demás lágrimas en bata, porque la verdad es que la pobre Genoveva estaba hecha lo que se dice puro pero purito llanto, un solo de lágrimas interpretado por Charlie Parker, sino que además logró opacar por completo a la otra mejilla, que también se las traía, y luego, como quien busca llegar hasta el fondo de mi alma y contarle su enorme tristeza, la gruesa lágrima siguió cuesta abajo en su rodada y poc, cayó en mi whisky, recordándome ipso facto la canción del amante aquel que se va a aumentar los mares con su llanto y se despide de Genoveva a la hora del desayuno más triste que le han traído en su vida, con las siguientes palabras cantadas por Pedro Vargas, aunque hay también una versión de Pedro Infante y otra de Jorge Negrete: adiós, mujer, adiós, para siempre adiós...

–¡Las huevas! –exclamé, porque todo lo demás es literatura, en estos casos. Mas luego, como quien recuerda también a Humphrey Bogart, pero lo traduce muy mal al castellano, agregué, *andante ma non troppo*–: Tómate un traguito, mi amor, y déjame a mí las lágrimas.

A Genoveva como que le sonrió la vida, nuevamente, y en medio de tantas lágrimas esbozó un sentimiento de alegría, me dijo voy por un vaso, te adoro, voy por un vaso, si tú supieras, ¿traigo más hielo?, te quiero, también hay una botella de Chivas, ¿me perdonas?, voy por el vaso, te ruego que me perdones, ¿traigo el Chivas?, perdóname, pe-perdóname, Fe...

–Pero qué gano yo con perdonarte si el otro anda suelto por el mundo, Genoveva...

–Te juro que le encontraré un internado. Te lo juro, Felipe Carrillo.

–Se escapa...

–Dame una oportunidad... La... última...

–Intérnalo. Eso. Métalo en un manicomio. Piensa que todavía faltan como cuatro semanas para que empiecen los colegios y nosotros...

–No puedo, no, no puedo... Es más fuerte que yo.

–Júralo.

–Te lo juro, mi amor, y voy por el Chivas y un vaso.

–Esta cojuda jura todo lo que le echan –le dije a mi futuro, alzando luego la vista cansada y agregando–: Estoy perdido, Genoveva. No puedo verte llorar. No puedo verte sufrir. Ni rogar. Ni jurar. Ni sin mí. Ni con él. Y además te necesito y te quiero... Y además no quiero Chivas ni que vayas por un vaso. Ni que te cierres la bata. Ni que uses otro vaso más que el mío. Ni que bebas agua donde la bebe la gente. Y en particular Sebastián...

Son cosas de la vida, ya lo sé, pero si vieran ustedes lo feliz que se iba poniendo Genoveva con su bata a medio abrir, a medida que yo me iba yendo a la mierda ante su escote lleno de whisky en mis ojos.

–Las manzanas de la discordia –dije, alzando mi copa, para brindar por sus tetitas, y la cagué porque Genoveva no captó nada, y me quitó el vaso para meterse un trago casi tan tonto como ella. Bajé el brazo agotado y ya con los primeros muscularísimos dolores, fruto del aeromodelismo con perro.

–Deja que te traiga el Chivas, amor de mi vida...

–Dios mío –suspiré, pero ya ni cuenta me di de que Genoveva tampoco se había dado cuenta de nada, esta vez, probablemente porque yo estaba sentado y no se notó ni el derrumbe exterior ni cayó tampoco la copa de mi mano sin fuerza, porque ella tenía el vaso con que yo había intentado brindar por sus deliciosas discordias, asociándolo todo ya muy borrosamente con Guillermo Tell y dos flechas y dos manzanas en un lugar que podía quedar en dos suizas rubias y esbeltas que asocié con dos Lilianes y dos Genovevas y dos batas con dos escotes cada una, que debe haber sido el momento en que cité mal a Gustavo Adolfo Bécquer–: ¡Dios mío, qué solos se quedan los muertos de cansancio!

Genoveva pidió ayuda y, hasta el último momento, que fue meses después, en su departamento, cuando me hice todo un viaje en tren París-Madrid para entregarle las sábanas que Eusebia se negó rotundamente a usar en la hacienda Montenegro, después de lo de Colán, me siguió jurando, por lo que más quieras, Felipe Carrillo, que no fue el reverendo cretino de Bastianito Ito quien la ayudó a trasladarme hasta su dormitorio. Y cuando digo *su* dormitorio, no me refiero al dormitorio de ella, o sea al mío, sino al que desde entonces en adelante fue mi dormitorio en El Espinar, o sea el de Sebastián. Sí, me agarraron borracho y dormido, porque les juro que de otra manera no me agarran, aunque ya para qué seguir con tanto juramento. Basta y sobra con decir que ahí permanecí el resto de las vacaciones, tras una larga conversación con Genoveva, y tras haber pasado por la vergüenza de decirle que de acuerdo, que por última vez, y que yo era capaz de todo con tal de poderle jurar ante un altar mi amor sincero, mi amor, y a todo el mundo le puedes contar que sí te quiero, pero que te quiero como un imbécil, Genoveva.

Ah, pero ahí no acaba la cosa. Qué va. No no, ahí no acaba la cosa. Ahí empeoran las cosas, más bien, porque nunca se está tan mal que no se pueda estar peor. Y porque Bastioncito, que atravesaba un período de Bastianito Ito, desde su regreso de Ibiza con diario íntimo, era de aquellos tipos a los que uno les da la mano y se van hasta el codo, lo cual me permite decir hoy que hasta dónde no se le iría a Genoveva aquellas quince noches tan calurosas de agosto. Hay que pensar lo peor, pero yo entonces ya formaba parte del triángulo de las Bermudas y estaba dispuesto a seguir haciendo concesión tras concesión, con tal de verlo interno dentro de unas semanitas más.

Genoveva me había convencido, además, me había llorado a mares unas explicaciones tan raras sobre el atroz sufrimiento de su hijo, que la verdad es que lo único que entendí fueron los sollozos y que, o hacía la última concesión de mi vida, o en esa casa ardía Troya, y no entra en mis buenas costumbres eso de joderles las vacaciones a personas tan agradables como Sonsoles y Claudio. Los pobres ya casi ni abrían la boca ante esa situación podrida, de tan buenos anfitriones que eran, y yo me había jurado estar a su altura, en tanto que huésped, desde que Genoveva me soltó, entre otras interpretaciones del diario íntimo de su hijo, la siguiente perla, para que yo entendiera, por favor, las razones por las cuales no le quedaba más remedio que aceptar a Sebastián en su cama. Bueno, omito los interminables preámbulos que tuve que soplarme antes, y aquí va la perla, bañada en sollozos, y precedida de un breve e interminable diálogo:

–Comprende que yo soy su madre, amor de mi vida...

Yo me había entregado al Chivas, y confieso que interrumpí:

–Y espero que hasta ahí nomás lleguen las cosas, cielito lindo.

–Comprende que él es mi hijo, amor de mi vida...

Bueno, la verdad es que me había dado por interrumpir:

–Te juro que ya casi no se nota, tesoro de la sierra madre e hijo.

–Te ruego... Por lo que más quieras, te ruego, Felipe Carrillo. Tú no has tenido nunca un hijo...

–Pero sí he tenido una madre.

–¿Te vas a seguir burlando?

–Y qué quieres que haga, si duermo en la cama de tu hijo y él duerme en...

–Somos madre e hijo...

–Preguntémosles a Claudio y Sonsoles... Tal vez ellos puedan juzgar mejor que nosotros y...

–¡Felipe!

–¡Carrillo!

Aquí arreció el llanto y ello me permitió terminar un whisky y servirme otro que ya iba a medio camino, cuando escuché un par de palabras, alcé la mirada del vaso, y vi, más que oí, a Genoveva en el siguiente estado de emergencia:

–Yo sé lo que tiene mi Bastioncito... Conozco su timidez, su fragilidad, vivo y siento su dolor, su..., su... su enamoramiento... Su..., su..., primer amor... Él..., él busca a la chica de... de... desesperadamente...

–Pero si la chica está en Ibiza todavía...

–Pero..., con..., con otro muchacho... Y ese trauma ha confundido completamente a mi Bastianito...

–Amores de estudiante, flores de un día son, mi amor. Lo cantaba Borges, en su juventud.

–No te burles, Felipe Carrillo.

–Bueno, Genoveva, terminemos ya. ¿Qué es lo que busca tu hijo aquí, y está en Ibiza?

–Busca a su inglesita.

–Explícame cómo se come eso, por favor.
Perla:
–Es que está tan confundido que la busca aquí, en mí, porque antes no logró encontrarla allá, en ella.
Whisky:
–Claro, porque allá te buscaba aquí, en ella. Por lo cual, evidentemente, yo soy el inglesito aquí y allá.
Perlísima:
–¡Mi amor, por fin!

Genoveva se me vino encima en forma de abrazo, me derramó el whisky, me empapó el pantalón, me bañó en lágrimas, y durante los quince días siguientes me agarró un insomnio de la pitri mitri, mientras que ella y Bastianito Ito se la pasaban como Dios manda con el cuento aquel de que ella era la inglesita de Ibiza y él Bastianito Ito, una noche sí y otra no, porque a él le encantaba ser también, una noche no y otra sí, el inglesito de Ibiza, y que Genoveva fuera su mamá en Ibiza, que era cuando yo me retiraba hecho mierda y medio tuerto del ojo de la cerradura y trataba de imaginarme qué hubiera dicho *La Revue Psychanalytique* de un arquitecto peruano que, en plena madre patria, se pasaba horas enteras pegado al ojo de una cerradura y que seguía pegado al ojo de la misma cerradura hasta cuando se paseaba con unos amigos llamados Sonsoles y Claudio, por una urbanización de El Espinar.

Pero Sebastián, ya lo dije, era de aquellos tipos a los que uno les da su dormitorio y se van hasta el codo. Durante el día, su rostro reflejaba la inmensa satisfacción de estar pasando unas lindas vacaciones en El Espinar, con gente que lo tomaba en cuenta para todo, y que respetaba hasta su más mínimo capricho. En contrapartida, su conducta era la de un adolescente ejemplar a toda hora del día. El problema era la noche, porque ya desde esas largas sobremesas con copa de coñac en el jardín de la casa, empezaba a comerse una uña tras otra, se paraba y se sentaba cada tres minutos, y sacaba a Ramos a unos diez o doce paseítos urinarios para que Genoveva lo acompañara porque la otra noche habían asaltado a un tipo con perro y todo, mientras caminaba por las oscuras calles de la urbanización. Y Genoveva, por supuesto, se incorporaba sin mirar a nadie, lo seguía, y nos dejaba a Sonsoles, a Claudio y a mí, sumidos en el más profundo y tenso de los silencios. Y así, hasta que llegaba la hora de acostarse y nos despedíamos todos como quien huye de algo, deseándonos un tímido buenas noches, y que descansen, más falso que el propio Sebastián.

Y es que, dentro de breves momentos, Genoveva se iba a presentar en el dormitorio del inglesito, intentando tímidamente juntar la puerta, apenas entornarla, para decirme en un par de minutos que me quería, que también ella la estaba pasando pésimo, sentarse luego un instante al pie de mi cama y, con suerte, estirarse todita hasta alcanzar mi frente y darle un beso. Yo solía mirarla con compasión y autocompasión, pero no llegaba a decir esta boca es mía porque hacía rato que Sebastián estaba marcando su paso de ganso en el corredor y no tardaba en irrumpir hecho una fiera y empezar con sus cabezazos contra la pared. La verdad es que los daba despacito y que el pum pum lo ejecutaba con el puño, como cuando asistía a las manifestaciones ácratas por televisión y bien sentadito en un café, pero tampoco necesitaba desesperarse más y dar un buen cabezazo o hacerse un chichoncito, siquiera. Para qué, si Genoveva ya estaba nuevamente de pie, frotándole la frente adolorida de amor por la inglesita, que era cuando abandonaban mi dormitorio y partían como ayer y otra vez hoy como ayer a sus noches de ronda.

El episodio de mi fuga de El Espinar es uno de los más vergonzosos de mi vida. Nunca he hecho semejante papelón. Lo mal que me sentí, por Dios. Todo tiene una explicación, claro, y es que entre el insomnio y el whisky y el silencio general que se había ido apoderando hasta de mis pasos

95

en esa casa, no noté nada. Sólo vi que Sebastián hablaba por teléfono con alguien y lo único que le escuché decir fue que iba para allá y que podía quedarse un par de horas. Genoveva dormía su siesta diaria y, muy de lejos, comprendí que yo podría aprovechar la ausencia del monstruo para tumbarme un rato a su lado. Después, cuando vi la idea de cerca y Sebastián ya se había ido, la perspectiva de ser Felipe Carrillo tumbado al lado de Genoveva en una enorme cama doble, realmente me fascinó. Entré, vi un montón de maletas, cajones abiertos, y pensé qué desordenados son éstos, caray. Tampoco tenía por qué pensar más con tan sólo dos horas a mi favor y Genoveva tumbadita ahí, abriendo un ojo, esbozando una sonrisa perezosa de brazos alargados y tetitas como nunca. ¡Dos horas!, exclamé, y como ella no entendió ni papa tuve que violarla mientras le explicaba lo de Bastianito Ito y el teléfono y algún amigo, probablemente, que fue cuando ella, a su vez, empezó a violarme como nunca jamás me había violado nadie y morderme en la oreja derecha que me quería, luego en la izquierda que me adoraba, a todo lo cual yo le respondía desde mi séptimo cielo particular que no hay mal que por bien no venga y te puedo yo jurar ante un altar que no ha pasado nada entre nosotros, Genoveva.

Lo que sí pasó fue el tiempo, y muy pronto, y de pronto y de repente y cuando menos lo pensamos Sebastián dio un alarido y también un cabezazo de conmoción cerebral contra una pared, todo al mismo tiempo, aunque visto en cámara lenta lo que sucedió fue que primero abrió la puerta confiado, después vio lo que vio, o sea un largo e interminable acoplamiento, porque esa parte ya venía en cámara lenta, y después apretó el botón de la locura, dio el alarido, se pegó el tremendo cabezazo, cayó sobre su madre pero sólo desmayado, porque la mala hierba nunca muere, y yo grité ¡me fugo!, ¡me fugo!, ¡no aguanto más!, ¡lo que es yo, no aguanto más y me fugo!

Sonsoles y Claudio regresaban de visitar a unos amigos en el preciso momento en que yo tiraba el portazo final de mi fuga con maleta y maletín, y me disponía a llegar caminando o como sea a la estación del tren.

–¡Me voy, no aguanto más! ¡Si supieran...! ¡Si hubiesen visto! ¡Esta vez hasta se ha dado un cabezazo de verdad! ¡Ojalá se hubiese muerto! ¡Aunque la muy necrófila...! ¡Les juro! ¡Hubiera sido capaz! ¡Porque son capaces de todo y yo me largo de este infierno, con su perdón!

Me dejaron gritar hasta que, por fin, les dije que por favor me acompañaran a tomar el primer tren a Madrid. Sonsoles me besó, me dijo que ellos me daban toda la razón del mundo, que no se habían querido meter en nada, pero que ya no valía la pena fugarse porque...

–¡Qué! –grité yo.

Entonces Claudio, que me había puesto la mano en el hombro, comprensivo, mientras Sonsoles me besaba, me daba la razón, e intentaba explicarme algo acerca de mi fuga, completó las palabras de su esposa, palmeándome suavemente el hombro, primero, y dándome un fuerte abrazo, después.

–Escucha, Felipe: lo que te ha pasado a ti, le hubiera pasado a cualquiera en las mismas circunstancias...

–¡Cómo...!

–Que has perdido por completo el sentido de la realidad, Felipe.

–¡La que me ha perdido a mí para siempre es esa cojuda de Genoveva! ¡No me vuelve a convencer más! ¡Me largo! ¡Me largo y que se pudra con o sin hijo!

–De acuerdo, Felipe, pero de lo que se trata ahora es de algo completamente distinto. Escúchame un instante y te lo diré, porque la verdad es que has estado en las nubes estos días.

–¡En el infierno es en donde he estado!

–De acuerdo; y con toda la razón del mundo. Para ti esto

debe haber sido un verdadero infierno y no sabes cuánto lamentamos Sonsoles y yo que haya ocurrido en nuestra casa.

–Ustedes no han tenido culpa alguna. Al contrario...

–Bueno, pero ahora ya todo se acabó, Felipe. ¿Sabes qué día es?

–El mejor de mi vida, porque me estoy escapando del infierno.

–Felipe, escúchame por última vez: hoy es 31 de agosto. Hoy nos largamos todos.

–Ah –dije yo, recordando todas esas maletas, los cajones abiertos, el desorden que noté al entrar al dormitorio de Genoveva. Después se me vino el mundo abajo, porque fue una fuga organizadísima. En el automóvil de Sonsoles, ella, Genoveva, y el sobreviviente del cabezazo. En el de Claudio, él y yo, hablando de esto y aquello, pero jamás del papelón que había hecho yo, fugándome el día de la partida.

CAPÍTULO VIII

Regresé a París, como quien regresa del infierno a París, o sea que la encontré bella, francamente bella, muchísimo más bella que nunca. Lo malo, claro, es que ni siquiera me había despedido de Genoveva, pobrecita, y a cada rato recordaba lo bien que la estábamos pasando cuando el muy cretino de Bastianito Ito nos sorprendió y se pegó el cabezazo. Lo bien que la estábamos pasando, caray, tremenda puesta al día en la camota doble, quince días de amor en un par de horas y violándonos de mutuo acuerdo, además de todo. Un hombre no olvida así nomás semejante cosa y, como si esto fuera poco, el otoño de París se encarga de machacárselo a uno a cada rato. Y en Madrid también hay otoño y los muchachos vuelven al colegio. Pero tú no has regresado al mismo colegio, Bastianito Ito, a ti te han metido de cabeza en un internado, so cretino, estoy seguro que tu padre y tu madre ya llegaron a un acuerdo sobre esto, huevonazo. ¿Y si me hubiera despedido de Genoveva? Pobrecita, con lo bien que la estábamos pasando. ¿Y si por no haberme despedido de ella, lo del internado ha quedado en nada? Bueno, en este caso, para qué insistir ya. A lo hecho, pecho, y además qué bien se vive en París y qué increíblemente bella encuentra uno esta ciudad cuando regresa del infierno. Genoveva... Pobrecita Genoveva.

Así de ambivalente andaba en cuestión de sentimientos y de otoño, a mi regreso del infierno a París, cuando sonó el teléfono y un buen puñado de *feuilles mortes*, cantado por Ives Montand, entristeció la ventana de mi dormitorio en el instante que descolgué, dije aló, me dijeron Felipe Carrillo, y añadí Genoveva, mi amor, el otoño y yo te queremos mucho.

(O sea que, de todo lo que ocurre de ahora en adelante, la culpa la tienen el oportunista escritor mexicano Andrés Zamudio y ese puñado de hojas muertas que tan inoportunamente entristeció la ventana de mi cuarto, ya de por sí bastante otoñal y parisino.)

Genoveva titubeó con timidez y ternura, lo cual me permitió carraspear, recordar El Espinar, y decirme cuidado, Felipe, defiéndete como gato panza arriba, y así, cuando Genoveva volvió a titubear, con más timidez y ternura todavía, cogí la sartén por el mango, permanecí mudo para que se matara titubeando, si quería, y al cabo de un ratito ya sólo se oía la larga distancia. Bien hecho, pensé, pero mis sentimientos no me secundaron y tuve que concentrarme fuertísimo en Bastioncito para mantenerme a la altura, aunque la verdad es que no sabía muy bien en qué consistía esa altura, por culpa del otoño siempre ahí en la ventana. Pasó un rato más de larga distancia, hasta que por fin Genoveva se atrevió a soltar una frase completa, que me llegó como en bata y deliciosa, pero que era tan exacta a la que yo acababa de decirle, que me dio tiempo para reaccionar en el preciso instante en que me disponía a perder altura como loco.

–El otoño y yo también te queremos mucho, Felipe Carrillo.

–Es inútil repetir el sermón de la montaña, Genoveva. Lo dice un vals peruano.

–Dime, por favor, cómo estás, amor...

–Cansado y arrepentido, Genoveva.

–Yo, en cambio...

–Juana cree que engaña a Pedro, pero lo desengaña.

–Te quiero, Felipe Carrillo.

–En este mundo no se vende lo que no se tiene.

–Hablemos, por favor... Necesito hablar contigo.

–Bueno, hablemos, pero de cosas alegres, por favor. Cuéntame cómo le va al monstruo en el internado, por ejemplo.

Genoveva empezó a llorar, y yo feliz en París porque al otro le iba pésimo en el internado. Ja, recién estamos en octubre y el cretino ese ya no debe aguantar un día más de internado. Y le faltan ocho meses..., ja, ja, ja. Total que me estaba matando de risa, para mis adentros, cuando Genoveva me anunció que Bastioncito quería hablarme, que él le había rogado que me llamara esa misma tarde.

–Pero si hoy es miércoles, Genoveva. Ustedes están llamando del internado o qué. No me digas ahora que lo vas a visitar todas las tardes...

–Es que... Cuéntale tú, Bastioncito.

Platanazo empezó a contarme con un llanto de media hora, más o menos, y yo tan tranquilo porque la llamada la pagaban ellos, después de todo, y porque según me explicó Genoveva, en las diversas oportunidades en que logró interponer su llanto entre el de Bastioncito y el teléfono, su hijo lloraba porque, en el fondo, me extrañaba y si supiera lo arrepentido que estaba, no te puedes imaginar, Felipe Carrillo, es el arrepentimiento más grande del mundo. Él solito ha querido ir a un internado.

–Entonces lo que merece es la cárcel.

–Escúchalo, por favor, Felipe...

–Pero si hace como una hora que lo estoy escuchando y todavía no ha dicho nada. Anda ya, Sebastián, para de llorar y cuéntame de tu internado...

–Es..., es que no..., no estoy inter...

–¡No qué!

101

–Felipe, mi amor –intervino Genoveva, conteniendo al máximo sus sollozos.

–Yo no soy el amor de nadie hasta que ése no esté interno.

–¿Me dejas explicarte?

–No, porque tú no explicas; tú engatusas.

–No, te juro que no. Y Sebastián o yo, cualquiera de los dos, estamos dispuestos a probártelo si nos escuchas.

–Entre dos males, el menor. Habla tú, entonces.

Resulta que, además de todo, había sido culpa mía.

Claro, como yo me fui sin despedirme y no volví a dar señales de vida, Genoveva consideró que lo del internado ya no era necesario y ahora era demasiado tarde, estábamos a mediados de octubre. Pero Bastioncito se había arrepentido tanto y nos quería tanto a los dos, que estaba dispuesto a hacer cualquier concesión y esa misma tarde le había propuesto lo de los fines de semana de ella en París, de viernes por la tarde a lunes por la mañana. Y si yo aceptaba, Bastioncito juraba además que no llamaría ni una sola vez por teléfono mientras ella estuviera en París. Deseaba incluso pasar algunos fines de semana con su padre y su hermana, en Bilbao. Todo, todo, te lo juro, Felipe Carrillo, lo ha ido escribiendo en su diario íntimo.

–Bueno –dije–, déjenme pensarlo un poco.

–Todo el tiempo que quieras, mi amor. Tienes derecho a pensártelo todo el tiempo que quieras.

Nos despedimos como buenos amigos y, exactamente media hora después, llamé para comunicarles la brillante idea que se me había ocurrido para poner a Sebastián a prueba. La aceptaron felices y, aunque no me lo podía creer, fui yo quien el viernes por la noche aterricé en Madrid. Casi me muero de amor cuando vi que Genoveva se estaba muriendo de timidez y de amor, contemplándome seria, muy seria, mientras yo esperaba que apareciera mi maleta entre las de los demás pasajeros. La recogí, corrí, vi a Genoveva avanzar torpemente hacia mí, y dejé caer la maleta para abrazarla.

–¿Y Bastioncito? ¿Por qué no vino a recibirme?

–Quería que te viera yo sola, primero. Si quieres nos vamos inmediatamente a comer a alguna parte.

–¿Y el equipaje?

–Lo llevamos con nosotros al restaurant.

–Excelente idea, mi amor –le dije–. Además, hay que sorprenderlo, tenemos que someterlo a pruebas inesperadas, a ver qué tal reacciona.

–Ya verás lo bien que reacciona cada vez.

–En todo caso, ya te enterarás tú por el diario íntimo.

–No seas malo, Felipe Carrillo. No te burles.

Comimos delicioso, ya no me acuerdo dónde, y luego nos fuimos a tomar copas por ahí. Increíble, eran las tres de la mañana cuando miré el reloj y Genoveva no había mirado el suyo ni una sola vez en toda la noche. Y cuando le propuse irnos a un hotel, por precaución, me dijo que Bastioncito ya estaría dormidísimo a esa hora, y que me apostaba cualquier cosa a que nos traía el desayuno, no bien nos despertáramos y se lo pidiéramos. Confieso que sentí un cierto temor, al entrar al departamento, pero media hora más tarde era un hombre totalmente integrado. En el dormitorio de Genoveva ya no había dos camas separadas por una inmensa mesa de noche. Había, en cambio, una supercama de dos plazas y, como último detalle, un teléfono nuevo, rojo, que se podía desconectar. Y que estaba desconectado. Bueno, pero todavía quedaba una última sorpresa: un paquetito, de parte de Sebastián. Lo abrí, y era nada menos que un precioso encendedor acompañado por una tarjeta que me daba la bienvenida como en los mejores momentos, con cuatro besos, dos en cada mejilla. Me lo creí todo, absolutamente todo, y además, por si no me lo hubiera creído absolutamente todo, Genoveva me lo estuvo probando con creces y fue igualito pero todavía mejor que la vez aquella

103

en que teníamos solamente dos horas en El Espinar, porque esta vez tuvimos como cuatro o cinco horas y no se oyó un solo cabezazo por ningún lado de la casa.

Al día siguiente, cuando lo pedimos, Bastioncito y Paquita nos trajeron el desayuno a la cama y, en menos de lo que canta un gallo, Ramos y Lorita se unieron a la alegre comitiva y parece que hasta Sandwich y Kong andaban de fiesta en sus respectivas zonas del departamento. Bastioncito, que atravesaba un largo período de Bastioncito, ya casi de Sebastián, tenía además amigos de su edad, y a cada rato recibía una llamada y quedaba en verse con ellos esta mañana, esta tarde, esta noche, mañana por la tarde, por...

–Oye –le dije–, guárdanos un momento a tu madre y a mí. Mañana domingo, por ejemplo, ¿por qué no almorzamos juntos?

Me dio tanta pena verlo mirar a su madre con cara de angustia, como quien tiene miedo de pedir permiso, miedo de molestar, que yo mismo le dije mira, viejo, si tu mamá no quiere venir, allá ella, nos vamos tú y yo solos, ¿qué te parece, Bastioncito? Púchica que me cagó con la respuesta, porque no sólo me dijo que sí, rogándole a su mamá que viniera también, sino que además me contó que gracias a él estaba yo en esa cama. Sí, lo había arreglado todo a escondidas, con dinero que le había regalado su padre, y él mismo la había escogido y con las justas logró que llegara a tiempo para que su mamá y yo la usáramos ya para siempre.

O sea que los planes iniciales se alteraron. En efecto, éstos consistían en que Genoveva vendría a pasar todos los fines de semana en París, y sólo por joder a Bastianito Ito se me ocurrió a mí la idea de plantarme en Madrid, para que tuviera que tragárselo todo y, si no, me fugo otra vez y les aseguro que no será el día de la partida. Ahora, sin embargo, las cosas habían cambiado. Genoveva y yo nos turnábamos, en vista del éxito obtenido. Un fin de semana en París y otro en Madrid, era la nueva fórmula, porque Sebastián se lo merecía y, sin duda alguna, porque soy un reverendo pelotudo, también. Lo suficiente, en todo caso, como para no darme cuenta de que el amor, cuanto más incestuoso, más ciego. Lo que pasa es que hay gente como yo, que todavía se conmueve con ciegos como Bastioncito, y los engríe, los llena de atenciones y de regalos, y ni cuenta se da de lo escondidas que lleva sus garras el cuervo.

Y esto era exactamente lo que estaba pasando con Bastioncito. Al ver a su madre hecha un desastre, muerta de pena porque Felipe Carrillo había desaparecido desde el cabezazo de El Espinar, al ver que a veces lo miraba acusadoramente o que perdía la paciencia con él porque pasaban las semanas y el verano iba quedando muy atrás y de Felipe Carrillo nadie había vuelto a saber en Madrid, con toda la razón del mundo, además, en fin, que al ver a su madre tan sola, triste y abandonada, Bastioncito se sentía responsable y temía que sus locos excesos de torcido amor filial lo hubiesen alejado del cariño materno. Había llegado, pues, el momento de cambiar, de cambiar de táctica, en todo caso, de aceptar que el pretendiente de su madre era una gran persona, que hacía falta en la casa, que por qué no lo llamamos, mamá, te juro que no volverá a suceder nada semejante, te ruego, mamá, que me perdones y te juro y rejuro que, en el fondo, yo a Felipe Carrillo lo quería, lo quiero un montón, mamá, déjame que te lo pruebe, por favor, mamá.

Y el muy condenado lo estaba probando tan pero tan bien, que ya yo andaba hecho todo un padrazo con él y a veces hasta nos enfrascábamos en amena charla arquitectónica y Bastioncito empezaba a soñar con ser arquitecto y nos sentíamos felices cuando aparecía Genoveva muerta de celos al ver lo bien que se llevaban, en su ausencia, los dos grandes e irreconciliables amores de su vida. Lo complicada que es la vida, suspiraba entonces Genoveva, haciendo un gran esfuerzo por ponerse a la altura de las maravillosas circunstancias en que Bastioncito le había robado un poquito el amor de Felipe Carrillo, mientras que éste, por su parte, lograba a menudo captar demasiado la atención del hijo que quería todititito para ella. En fin, éramos tres ciegos tan felices, gracias a lo complicada que puede ser la vida, que hasta los cuatro animales aplaudían tanta civilización, y ya sólo faltaba que Paquita pusiera, a la entrada de nuestro reino, un enorme letrero que dijera: SE NECESITA TUERTO CON CAMA ADENTRO.

Los tuertos, desgraciadamente, no solían visitarnos por aquellas épocas de armonía. Y cuando los cruzábamos o salíamos a divertirnos con ellos, ni cuenta me daba yo de las miraditas insinuantes y recordatorias que me pegaban. Y ni cuenta me daba tampoco de que medio Madrid comentaba ya que el pobre peruano se había vuelto a meter con el matrimonio más estable del país. Claro, uno es extranjero y no está preparado para semejantes sutilezas, no logra diferenciar entre un chisme de portera y una verdad como una catedral. Uno se enamora en España y se las da de torero y por más cornadas que le peguen sigue como si nada y aguanta y vuelve o poner el cuerpo y viva el Perú, carajo, madrileños chismosos, qué creen, ¿que no tengo ojos para ver?, ¿que Genoveva no me quiere?, ¿que Sebastián no ha crecido y que ya todo aquello pasó? Y al final, claro, más saben los madrileños por viejos que por españoles, y resulta que, como dicen en mi tierra, a uno lo han hecho cholito dos veces seguidas, dos veces le han metido el *finger* a uno...

Nuevamente había empezado a soñar con trasladarme con bultos y petates a Madrid y, aunque mis colegas y amigos me aconsejaban prudencia, por las razones que yo mismo les había contado, día tras día me arruinaba llamando a Genoveva y Bastioncito por teléfono, porque ahora hablaba con los dos y si él realmente se interesaba ahora por la arquitectura, con la misma pasión que antes por los libros incunables, ahí me tenía a mí para ayudarlo y aconsejarlo mientras hacía sus estudios universitarios, que ya falta poco, Bastioncito, que hay que irse preparando, hijo, y ya verás tú, después, seremos socios en Madrid y cambiará el nombre de mi atelier con la inclusión de tu apellido y la supresión del de la pobre Liliane, que ya no viene al cuento en España.

Tampoco en París venía ya mucho al cuento, la pobre Liliane, y aunque la recordaría mi vida entera como una muchacha realmente noble y adorable, mi futuro pertenecía a Genoveva, y eso de que el retrato de mi ex esposa siguiese colgado en el vestíbulo, como para que el mundo entero la viera, no bien ponía un pie en mi departamento, no tenía por qué resultarle muy agradable a mi futura esposa. Además, qué sorpresa tan grata se iba a llevar Genoveva el próximo fin de semana, cuando al entrar al departamento, recién llegadita a París, se encontraba con que Felipe Carrillo había ampliado aquella foto en blanco y negro que ella le regaló la primera noche que durmieron juntos y ahora además la había colgado en remplazo de un viejo amor. Después, seguro, me iba a decir que no era necesario, que para qué había hecho una cosa así por ella, pero en el fondo, te conozco mascarita, se iba a sentir feliz y orgullosísima de ser la reina de mi corazón y el corazón de mi apartamento.

Y así sucedió, en efecto, pero la verdad es que tampoco fue muy agradable descolgar a mi muertita porque bastó con que alzara los brazos y la mirada para descolgar su retrato, bastó con esa mirada cara a cara entre mi pasado, mi presente, y mi futuro, para que yo empezara a deshacerme en explicaciones y hasta a echarle la culpa a la pobre Liliane por lo del ropero, qué quieres que haga, mi amor, tú misma me metiste en esto, acuérdate que fuiste tú misma quien me aconsejó casarme con una mujer mayor, con una mujer de mi edad, madura como yo, no con una muchachita como tú, perdona, mi amor, que como tú no hay ni volverá a haber ninguna, lo que pasa es que esta tarde llega Genoveva y estoy seguro de que a ella le encantará que te haya... digamos... descolgado, pero te juro, Liliane, mi vida, mi pasado y, bueno, también mi presente y mi futuro un poquito, porque el olvido, bien lo sabes, es lo más inolvidable que hay en el mundo y además fíjate qué lindo es el ropero en el que te voy a poner, caoba pura, fabricación inglesa, así, mi amor, recostadita contra este lado, y te vendré a ver, coqueta, sabes muy bien que vendré a mirarte mucho más a menudo de lo que tú piensas... Y así hasta que cerré la puerta del ropero, le eché doble llave por ese temor que uno siempre les tiene a los ladrones y a... bueno, digamos que a... Por fin salí disparado de esa habitación, puse el retrato de Genoveva donde tenía que ponerlo, me serví tremendo whisky, y me senté a pensar en lo cobardes que somos los hombres con nuestros muertos.

Y por la noche ya estaba bailando cobardemente con Genoveva en una boite del 16, super elegantes los dos contra la muerte y esas cosas que no se hablan en estos sitios. Una botella de champán me llenó el cerebro de burbujas que, como los suspiros, son aire y van al aire, aunque también las hay menos afortunadas y van a dar a un armario. Mierda, otra vez Liliane, y Genoveva preguntándome qué te pasa, Felipe Carrillo, y yo, nada, nada mi amor, es el champán que se me ha subido un poco a la cabeza y qué tal si nos vamos a caminar un rato por el Sena.

–Me has adivinado el pensamiento, Felipe Carrillo. A mí también se me ha subido un poco el champán a la cabeza y justo estaba deseando salir a caminar un rato por el Sena.

Llegamos al borde del río y me entró un malhumor de la patada al comprobar que estábamos justo a la altura de la casa en que vivían los padres de Liliane. O sea que estábamos paseándonos por el mismo sitio que tantas veces había recorrido con ella, agarraditos de la mano, tórtolos, dándole de vez en cuando una patadita a alguna piedra o algún objeto que encontrábamos en la vereda. Y no sé, pero de pronto vi un trocito de madera sobre la vereda y le di su patadita, como si nada, pero bastó con ese suave contacto entre mi zapato y la maderita para que sintiese el más espantoso temor de voltear y encontrarme con Liliane cogida de mi mano y furiosa, furiosa porque acababan de contarle que me habían visto por ese mismo lugar, caminando con una mujer y bien agarraditos de la mano. Y después, lo recuerdo clarísimo, sentí el más extraño temor, algo muy raro, sentí el inmenso y absurdo temor de voltear y descubrir que la mujer que caminaba a mi lado, acariciándome la mano, fuera Liliane. Maldito ropero, dije, finalmente, y me hice el tonto cuando Genoveva me preguntó qué había dicho.

Las cosas siguieron ocurriendo de forma extraña, cuando regresamos al departamento, o es que a veces hay cosas que adquieren una nueva dimensión que nos hace notarlas mucho más que nunca y darles una significación que nunca antes les habíamos dado. Tres veces esa noche, por ejemplo, tuve necesidad de abrir la puerta del ropero en que había dejado el retrato de Liliane. No sé, a lo mejor la abría a cada rato, siempre, pero cuando traté de llevar mi explicación por ese camino, me perdí en el tiempo sin poderme decir, por ejemplo, claro, pero si ayer mismo abriste este ropero, Felipe, lo abriste para sacar el abrigo viejo que querías regalarle a la portera. Empezaba realmente a obsesionarme con el ropero, cuando Genoveva me dijo que nos acostáramos ya, que me notaba cansado, preocupado, te noto como ausente, mi amor.

Casi le doy toda la razón, porque ausente había estado, sin lugar a dudas, pero lo negué todo con una sonrisa y un beso, pues de lo contrario creo que habría tenido que decirle que la que estaba muy presente, en cambio, era la pobre Liliane. Nos dirigimos al dormitorio y creo que fue la primera vez que Genoveva y yo no hicimos el amor, desde nuestro reencuentro madrileño. No, no es que hubiera nada entre nosotros, no había nada entre nosotros, la verdad es que no pasaba realmente nada entre nosotros y darnos un beso y apagar cada uno su lámpara, a cada lado de la cama, fue la cosa más natural del mundo. Tan natural, en realidad, que estuve largo rato pensando que era la primera cosa que había ocurrido con naturalidad desde que guardé el retrato de Liliane en el ropero. Encendí un cigarrillo en la oscuridad y sentí el sueño profundo de Genoveva, dándome la espalda. Al final fueron cinco los cigarrillos que me acompañaron a recorrer el camino de la idea más absurda del mundo. Era Liliane, siempre Liliane, pero ahora quería aprovechar la lejanía de Genoveva en el sueño para decirme que sí, que ella me había aconsejado que me volviera a casar con una mujer como Genoveva, pero no precisamente con Genoveva, Felipe, debes tener cuidado, mucho cuidado, mi amor, pero duérmete ya para que mañana amanezcas de buen humor porque ella te quiere mucho pero no sé, Felipe, no sé, y en todo caso, esto es todo lo que te quería decir, mi amor, que tengas mucho cuidado...

Desperté lleno de besos de Genoveva, feliz de sonrisas de Genoveva, y con el desayuno que Genoveva me había traído para poderme llenar así de besos y entregarme inmediatamente ese jugo de naranja muy frío, tal como a mí me gustaba. Me desperecé, salté para tomarla entre mis brazos, y le dije que había decidido cambiar algunos muebles de sitio, que había soñado con toda una nueva decoración para el departamento y que, por ejemplo, el ropero ese que hay en el cuarto de huéspedes, iría a parar al trastero. Un poquito más y le digo que en el ropero estaba el retrato de Liliane. Y otro poquito más y le suelto que deshacerse de ese lindo mueble inglés era la manera más cobarde de mandar a Liliane al trastero.

Después me dio por acordarme de Bastioncito y se me ocurrió la brillante idea de llamarlo por teléfono. Genoveva me dijo que mejor no, que claro, que a ella le encantaría, no te miento, Felipe Carrillo, pero ya sabes que tengo miedo de que vuelva a las andadas, con lo bien que se está portando, piénsalo bien, mi amor, porque si nosotros somos los que empezamos a llamarlo, él se va a sentir con derecho a hacer lo mismo y, al fin y al cabo, ustedes dos se ven cada quince días en Madrid, ¿qué más pueden desear por el momento? Iba a decirle a Genoveva que si estaba celosa o qué, acompañando mi pregunta de una buena dosis de cosquillas y manito por todas partes, pero la palabra *momento*, que acababa de pronunciar, la palabra y la frase entera, en realidad, *¿qué más pueden desear por el momento?*, me pareció algo muy digno de ser tenido en cuenta. Por qué demonios, si éramos tan felices, si todo se había logrado arreglar como por milagro, por qué demonios, sí, por qué demonios limitarnos siempre a sólo momentos felices y no a toda una vida juntos, felices, y en Madrid. Por qué demonios. Estuve como media hora fumando y buscándole una respuesta al por qué demonios ese, y la verdad es que no encontré respuesta alguna que no fuera muy positiva, ni encontré tampoco razón alguna que me impidiera consolidar en España mis proyectos de felicidad. Nada, nada se oponía a ello ya. El único obstáculo había sido Bastioncito, pero Bastioncito, de seguir así, estaba en camino de convertirse en el gran Sebastián. O sea, pues, que obstáculos, cero. Y sobre todo cuando logre, lo más rápidamente posible, que alguien me ayude a bajar a Li... a bajar el ropero al trastero.

CAPÍTULO IX

Debo decir, en honor a la verdad, que Genoveva nunca me pidió ni me hubiera pedido que bajara al trastero el ropero con el retrato de Liliane. Tampoco me ayudó a hacerlo, porque el mueble pesaba mucho y se necesitaba por lo menos dos personas más fuertes que ella para cargar ese armatoste inglés. Fue en su ausencia, además, que saqué del ropero los objetos que deseaba conservar en el departamento, procediendo en seguida a darle todas las vueltas que pude a la llave, antes de que el esposo de la portera y su hermano me ayudaran a enterrar por segunda vez a mi pobre Liliane. Sí, así lo viví, así vieron mis ojos y sintió mi corazón aquel asunto tan desagradable, porque entre otras cosas el mueble estaba lleno de objetos que habían pertenecido a Liliane en vida, y también de todos esos cachivaches que se dejan tirados por ahí cuando la muerte nos sorprende mucho antes de lo que habíamos pensado. Todo aquello se fue al trastero con Liliane, como en un Egipto antiguo muy venido a menos, y hasta algo de macabro ritual tuvo el asunto, porque no sólo les di un par de generosos billetes a los hombres que me ayudaron a bajar el ropero, sino que además, no sé cómo, me encontré con los dos tipos metidos en el departamento, cada uno con su tacita de café negro, muy negro, en la mano, y hablándome del pasado, de lo bonitos que eran los muebles antiguamente, de lo hermoso y diferente que era todo antiguamente y de que, sin duda alguna, *monsieur Carilló*, todo tiempo pasado fue mejor.

Bueno, pero todo tiene su límite y basta ya de tanto morbo por un ropero inglés y una muchacha que había sido enterrada años antes. Mi pasado al trastero y mi futuro a España, que de eso se trataba ahora y no veía el momento de que llegara el atardecer del viernes para salir disparado al aeropuerto y tomar mi avión rumbo a Madrid. Este fin de semana me tocaba viajar a mí, llenecito de libros de arquitectura para Bastioncito, y con seis deliciosos frascos de miel de Provenza para Genoveva. Llegar al aeropuerto de Madrid-Barajas era mi deporte favorito por aquellas épocas. Ahí me esperaban, como siempre, mi Genoveva de Brabante, Bastioncito, el de los cuatro besos especiales, y Ramos, más eléctrico que nunca porque nuevamente llegaba Felipe Carrillo y eso había que festejarlo moviendo como loco el centímetro de rabo mocho que le quedaba y goteándolo todo de felicidad y nervios, sin tiempo para alzar la patita, siquiera. Verlos desde la sala de equipajes, era ver mi futuro, porque aquéllos eran los días en que Felipe Carrillo vivía cara al futuro. Y Madrid formaba parte de ese futuro también. Lo había decidido en las últimas semanas y ya sólo me quedaba anunciárselo a los seres más queridos que tenía en el mundo.

Madrid-Barajas, taxi, departamento, Paquita, el equipaje, el dormitorio, la camota, una rápida y alegre visita a Sandwich, Lorita y Kong. Después, la sala, el gran sofá, la entrega de los regalos, Paquita y el whisky de don Felipe Carrillo. Ah, por fin en casa, esto es lo que se llama estar en casa y, también, de pronto, darse cuenta de que uno ha encontrado finalmente un lugar bajo el sol, un verdadero hogar, raíces verdaderas, algo que realmente me estaba haciendo falta a gritos desde hacía mucho tiempo, qué maravilla, caramba, qué verdad tan verdadera y qué maravilla tan maravillosa. Pedí que me alcanzaran mis pantuflas, porque ando con los pies un poquito consados, hoy, y medio minuto después mi deseo era realidad y si supieran la diferencia, caray qué tal diferencia, lo aliviado que me siento ya, mi querida Genoveva... Ah, *home, sweet home*, esto es lo que se llama haber encontrado un hogar, mi querido y gran Sebastián, un lugar bajo el sol de la vida y, lo que es más importante aún, un lugar ideal para el diario y eterno reposo de mis pies tan cansados por todo el camino que han tenido que andar antes de llegar a este departamento, antes de encontrar un hogar, antes de mi última y definitiva mudanza, porque en verdad en verdad os digo: Dios bendiga estos pies por haberme traído hasta este incomparable puerto de paz y armonía. Me dirán ustedes que mis pobres pies han tardado un poquito... Pues bueno, es cierto, pero también es cierto que hubiera sido muchísimo peor llegar antes a otro puerto. No, no me arrepiento, ni me quejo tampoco de haberme cansado un poco algunas veces... Valía la pena, ustedes no saben hasta qué punto ha valido la pena...

Seguía monologando, de lo más hogareño que darse pueda, hecho todo un filósofo del confort, de lo pequeño, de las raíces y, por qué no, si me encantaban, también de las pantuflas, y Genoveva, Bastioncito, y Ramos –éste con sus desorbitados ojos pedigrí abiertos horrorosos de par en par y el centímetro de rabo inmóvil–, me observaban y escuchaban como a un extraterrestre feliz en su inocencia, como a un marciano excesivamente optimista o algo así. De rato en rato, Bastioncito abría uno de los libros de arquitectura recién llegados de Marte, lo hojeaba como quien disimula, no algo sino mucho, y lo volvía a cerrar para observarme nuevamente como quien le tiene miedo a alguien o a algo, como quien teme que le den una noticia desagradable, en todo caso.

La verdad es que yo no tenía ninguna noticia desagradable que dar, todo lo contrario, y bastaba con ver la pinta de confort que teníamos mis pantuflas y yo, para saberlo. Algo flotaba sin embargo sobre el agua, que además estaba demasiado mansa, como cuando la gente dice *que de la brava me libro yo*. Y por añadidura este silencio que empezaba a notar en torno a mi monólogo, un poco como en el cine, justo cuando no tarda en estallar la bomba que anda oculta y volar en pedazos toda una inmensa mansión, nada menos que un hogar de gente muy unida. Y de pronto, también, Bastioncito volviendo a hojear uno de los libros, como quien hojea en torno a mi monólogo, igualito que el silencio. Y en seguida, los ojos de pánico de Genoveva, Dios mío, también en torno a mi silencio, y casi tan desorbitados como los de Ramos en tremenda tensión, tan grandes como su cabeza enana, pero enormes de todas maneras por tratarse de él, de un bicho más que de un perro pedigrí, le estallaban los ojos y ahora también, zas, las meaditas eléctricas, incontenibles, gotitas sobre la alfombra también pedigrí.

Y todo, pero todo, siempre en torno a mi monólogo, comunicándome ya su miedo, poniendo en peligro con ello, después de varias semanas de santa paz, de dulce armonía, la confortable felicidad de mis pantuflas y mi amor, que estas dos cosas no pueden faltar en un hogar en peligro, creo yo, a juzgar por aquella experiencia, ya que a Liliane en cambio le encantaba andar descalza por nuestro departamento y yo la llamaba *la comtesse aux pieds nus, the barefoot countess, la mia condesina scalza* o *mi frailecita descalza*, por evidentes razones de felicidad que no era el caso tampoco de andar recordando justito ahora que acababa de encontrar un hogar con pantuflas para todo el mundo y de pronto alguien parecía haber colocado una bomba de poquísimo tiempo en torno a mi monólogo, aunque la verdad es que yo no había monologado tanto ni para tanto y además, como en aquel valsecito peruano, sí, don Luis, ya lo sé, sólo vine a hablarle de amor...

Bueno, pero venga ya la explicación a tanto en torno a mi monólogo. En inglés se dice que hay gente que tiene ojos de dormitorio, *bedroom eyes*, porque mira como sosteniendo con gran esfuerzo unos párpados que parecen soportar la eterna fatiga de Occidente. Bueno, pues yo no tenía ni tengo *bedroom eyes*, pero en cambio parece que lo que sí tenía, y a gritos, era tremendos ojazos de matrimonio. Unos ojos exactos a los de mis pantuflas, sin duda alguna, y que esta vez habían delatado a un individuo dispuesto a romper la tradición. ¿Qué tradición?, me dirán ustedes. Pues bien, ni yo mismo lo sabía aún, ni yo mismo lograba darme cuenta de todo lo que estaba ocurriendo ya en torno a mi persona, porque lo cierto es que de golpe no sólo se trataba de algo en torno a mi monólogo, qué va, la cosa ahora era en torno a todo, todo y todos en torno a todo y a todos. O sea, Dios mío, todos contra todos una vez más y amándonos tanto y habiéndonos amado y llevado tan bien todos los fines de semana de ese otoño, en Madrid y en París, juntos y separados, ¿qué demonios pasaba ahora que ya se acercaba el invierno? ¡Me cago!

¡La maldita tradición! Era nada menos que la maldita tradición de los fines de semana que, Sebastián, ciego de amor por su madre, permitió, que luego, yo, otoñal y parisino de amor por su madre, permití ciegamente, y que entonces Genoveva, otoñal a su vez en Madrid y doblemente ciega como para permitir que todo empezara de nuevo, permitió también, para convencerse de que una serie de fines de semana regalados por su hijo, a cambio de un par de sonrisas y cositas de esas que ellos se hacían a montones, lo salvarían todo. En fin, que venían tiempos difíciles, que con el invierno volveríamos a los lugares comunes de la violencia, que la tradición no era, al fin y al cabo, nada más que una tregua impuesta por el temor y la cobardía del tal Bastioncito, sin duda alguna el más calculador de los tres, el único ciego tuerto del trío, sí, eso, porque de qué otra manera, si no, podría haberse dado cuenta de que a Felipe Carrillo el otoño le había dejado en los ojos, en la expresión entera del rostro y hasta en las pantuflas y monólogos, una mirada mucho peor que *bedroom eyes*, o sea unos ojos de matrimonio de la pitri mitri y eso sí que no lo soporto yo. Estaba clarísimo, claro.

Logré desactivar la bomba justo a tiempo, anunciando un viaje de cuatro o cinco semanas a Roma, por cuestiones de trabajo, e invitándolos a comer en House of Ming, el restaurant favorito del tuerto, o sea que ahí tampoco habría bombas. Pero el tiempo, en muy breve plazo, se encargaría de mostrarme que ya ni siquiera se trataba de ese tipo de bombas, y que ahora, lo que tenía nuevamente, era el terreno totalmente minado en Madrid, minado por ese hijo de la gran pepa, carajo, lo bien que nos había engañado a todos ese ciego atuertado, lo bien que sabía abrir un ojo en pleno otoño y en plena ceguera, tanto que a mí me detectó a la legua, con tan sólo hojear un libro en torno a mis pantuflas, mi monólogo, y unos ojos de lo más matrimoniales que darse pueda.

Me dolió a muerte, mucho más que a Genoveva, ya que ella sólo podía morirse de dolor a medias, porque aun tratándose de mi muerte, le quedaba ese otro trozazo fofo de vida fláccida, manos de gorrión, y voz de Ima Sumac, aunque ya hacía rato que el monstruo había cambiado de voz pero la de antes era casi exacta a ésta, sólo que entonces el pajarito trinaba más bajito y con menos gordura y estatura, o sea, digamos, que algo menos lamentable y odiosamente.

Sí, porque si Bastianito Ito era un nombre que le venía de la época en que era tan sólo un niño al que mejor le hubiera caído el apodo de Odiosín, Bastioncito-el-actual era, es y será el adolescente graso más detestable y craso del mundo... ¡Púchica diegos, cuesta trabajo retenerse!

–Bueno –dije, interrumpiendo esta parte del monólogo, ya interior y ya en House of Ming–, bueno, qué tal si brindamos por el invierno romano de Felipe Carrillo.

117

Fue, sin duda, un trago tan amargo para Genoveva como lo fue para mí. No insistiré en describir el brindis del monstruo. Para qué, si ya ustedes lo deben estar viendo clarito. Y así de feliz comió, también, repitiendo de todo un poco, repartiendo buenos modales, amaneradísimo, perfecto, y detestable. Genoveva y yo, más picamos que comimos. El vino nos hizo mirarnos más de una vez, mudos, con muchísima tristeza, como si esos ojos matrimoniales que había sacado a relucir este otoño, olvidando todo lo malo, recordando sólo lo bueno, corriesen ahora el peligro de tenerse que apartar hasta de su dormitorio, de la camota que el mismo Bastioncito nos había regalado, qué tal monstruo, carajo.

Y qué mal debió educar Genoveva a su hijo aquel otoño, cuántas concesiones a cambio de aquellos fines de semana que ahora, por primera vez en meses, se interrumpían. Una pésima educación, mil promesas, como las del internado, jamás cumplidas, hasta qué punto era Genoveva capaz de cambiar en *lo* de su hijo... Bah... de qué valía seguir pensando en aquel restaurant. Una pésima educación, un retroceso en sus relaciones enfermas, y unos ojos que, de pronto, adquirieron expresión matrimonial. Esto bastaba y sobraba para romper una tradición que nunca existió, porque en realidad tan sólo se había tratado de una tregua. Pagué la cuenta y propuse un último brindis por el invierno romano de Felipe Carrillo. Genoveva estuvo a punto de tocar únicamente el borde de la copa con sus labios. Bastioncito la empujó a beberse entera esa copa de vino, mierda.

En Roma, o sea en París, porque todo lo de mi invierno italiano fue sólo el hallazgo, a último instante, de una bomba que logré desactivar con las justas. En París, o sea en Roma, porque Bastioncito no debía sospechar por nada de este mundo lo de mi viaje inventado. En fin, en Roma como en París y viceversa, también, si quieren, las interminables semanas sin ver a Genoveva fueron una verdadera lástima, una tortura, el permanente desasosiego de creer y de no querer creer que todo lo malo de Madrid y de El Espinar se podía repetir, al cabo de tantos fines de semana perfectos. Pero llamaba a las dos de la mañana, porque mi trabajo ese día en Roma no había tenido cuándo terminar, llamaba y era Bastioncito quien respondía. Te paso a mamá, me decía, fingiendo la mayor normalidad, pero mientras hablaba con Genoveva escuchaba las interrupciones y los grititos enfermos al otro extremo de la línea.

Pensaba entonces en aquel absurdo artículo de *La Revue Psychanalytique*, en la forma en que podía llegar a odiar a Bastioncito, a pesar del amor de Genoveva, y en el deseo profundo que sentía de insistir e insistir en lo de Genoveva, a pesar del odio del tal Bastioncito. A él lo veía entonces como a un rival, como a un verdadero rival que hay que suprimir de cualquier manera. Me irritaban sus melosas relaciones con su madre, la forma en que la imitaba hasta al andar, porque caminaban exacto madre e hijo, y por supuesto que no era Genoveva la ahombrada sino él el terriblemente afeminado. Demonios, cómo algo que es absolutamente delicioso en una persona puede resultar absolutamente detestable en otra. Me jodía, además, la forma en que se hablaban, como tontos, el que anduviesen constantemente intercambiando sus prendas de vestir, ella con el saco de él, él con la chompa de ella, jodiéndosela toda, además, con esa gordura suya tan fofa y adiposa. La verdad, me merecía un rival mejor, siquiera, pero nada de ello impedía que, aparte de odio, yo llegase a sentir enfermizos celos cada vez que madre e hijo se acercaban en pos de las caricias detestables del otro. Bueno, detestables para mí, acepto, reconozco, señores de la absurda revista aquella. Y reconozco, también, ya que estamos en ese plan, que hasta en los mejores momentos, yo continuaba viendo en Sebastián a un eterno rival, y que había deseado golpearlo con todas mis fuerzas, en los momentos de violencia. Pero

119

ahora, de pronto, lo que le deseaba con toda mi alma no era una buena paliza o un internado: deseaba su muerte, una muerte muy violenta, atroz, de ser posible.

Genoveva no me llamó ni una sola vez a Roma, durante aquellas duras semanas de París. Ni siquiera se atrevía a intentarlo la pobre, seguro, porque luego él, al regresar del colegio, de la calle, del cine, en fin, de cualquier parte menos de una verdadera manifestación ácrata, se retorcería caprichosa y cruelmente hasta arrancarle el secreto. Y después, el baño, sí, después, llegada la noche, el baño en esa tina en la que se hubieran metido juntos, de haber cabido, pero ese goce se lo reservaban para las piscinas y el mar y por el momento se contentaban con contemplarse, tumbada Genoveva en el agua caliente, sentado él, fofo y detestable al borde de la tina, sudando la gordura de su tremenda humanidad entre tanto vaho, tantos vapores, y un terrible calor encerrado para ellos dos, solamente, porque ahí ni Ramos lograba entrar, ni Lorita comentaba tampoco nunca nada, por lo bien educada que la tenía el monstruo, lista para hablar en su nombre cuando él, de puro rosquete, no se atrevía a decir una cosa. Y lista para ver y callar las mismas cosas que yo había visto y ahora trataba de ocultarme mientras recordaba el absurdo artículo sobre mi arquitectura y me esforzaba por darle un toque más alegre al diseño de una fachada en la que no lograba concentrarme.

Pero entonces –y esto es algo que ahora recuerdo clarísimo–, observé en mi dibujo ese aire costeño, peruano, y tristón, que hasta *La Revue Psychanalytique* había detectado en mi arquitectura. ¿Por qué tristón?, me pregunté, retrocediendo hasta los años alegres y despreocupados de mi vida en Lima. La costa, que tanto recorrí y amé entonces, que tantos buenos amigos y alegrías me dio por aquellos años, ahora, en efecto, me resultaba gris y triste y comprendía a fondo que se hablara del color panza de burro del cielo de Lima.

Pero había otra costa peruana, para mí, muy al norte de mi ciudad natal. Sí, Tumbes y Puerto Pizarro, Piura y su maravillosa playa de Colán, donde había pasado los carnavales más alegres de mi vida, invitado por el Muelón León, un antiguo compañero de colegio al que hacía mil años que no veía. Qué distinta era la gente allá, allá la gente se quería bajo un sol ecuatorial y el novio se robaba a la novia y después todo se arreglaba con un gran matrimonio, tirando la casa por la ventana. ¿Había amores incestuosos por aquellos lares de gente sana de campo? Por supuesto que no. Edipo como que no era Edipo todavía en Piura, y nadie podría creer allá que una madre y un hijo formaran la pareja más estable de una ciudad. Así recordaba yo a Piura, felices recordé una y otra vez los carnavales de muchachos y muchachas embetunándose como hombres y mujeres, con tremendo gustazo y nada más hasta la noche en que, ya limpios y elegantes todos, se abrazaban tiernamente los cuerpos que horas antes habían decidido bailar juntos esa noche. Y cuando había celos o desacuerdos entre dos muchachos, pues se agarraban a golpes de machos por una hembra y todo el mundo a separarlos y luego otra vez todo el mundo a bailar un boleracho. ¿Había visto yo algo más alegre? ¿Por qué, entonces, ahora me producía tristeza...? ¿Había yo visto una puesta de sol como la de Colán? Jamás, pero ahora me producía tristeza. Y a esa nostalgia me entregué por completo, en su trampa inmensa caí como el más despistado de los hombres. Y hasta llegué a jurarme que allí nunca habían existido una madre y un hijo que formaran la pareja más sólida de toda la ciudad. Jamás una Genoveva. Jamás un Sebastián. Y jamás gente de Madrid para chismosearlo todo y enredar las cosas más todavía. No tarda en llegar el verano en Lima, en Piura, en Colán, me dije, finalmente, y es ahí donde tenemos que ir. Colán es nuestra última esperanza.

Y saboreé entonces la sonrisa incomparable de Genoveva en sus momentos verdaderamente alegres, en nuestro primer almuerzo en La Closerie des Lilas, huyendo felices, y ya casi enamorados, del inefable Andrés Zamudio. E hice bajar mi mano lenta, tierna, dulcemente y con los dedos entreabiertos, como la primera vez que recorrí la delicia interminable de andar perdido entre el pelo rubio, suelto, larguísimo, de Genoveva. Continué hasta el cuello y alcancé la espalda en el preciso instante en que se iniciaba una de esas maravillosas puestas de sol, las únicas que había visto así, las de Colán. Sí, por un instante había estado en Colán con Genoveva y mi arquitectura era peruana y costeña hasta decir basta, si quieren, pero no hay peruano triste en Colán y allá nos vamos todos, perro, gato, loro, mono, todo lo que ustedes quieran. Y también Paquita, si desea pasar sus vacaciones con nosotros... ¿No desea? Pues a través de mi familia encontraremos una Paquita peruana. No les faltará nada, Genoveva. Todo el confort del mundo, mi amor... Pero si hay casas regias, como dice la gente allá, mi amor... Y es eso precisamente lo que necesitamos, nuestra última espe..., mi amor. Un gran cambio es lo que necesitamos, mi amor. Sí, claro, por supuesto, se lo cambio por una estadía interminable de trabajo en Roma, se lo cambio por lo que quieras, mi amor. Sí, mi amor, de acuerdo, me quedo en Roma por algo totalmente inesperado... Sí, mi amor, aquí permaneceré hasta la víspera del viaje. De acuerdo, mi amor, partir a mediados de enero y regresar cuando a él le dé su real gana, mi amor, propónselo y verás que acepta, qué más quiere Sebastián que poder faltar unas semanitas al colegio y que yo prolongue mi invierno romano, a cambio.

... De acuerdo, Genoveva, todo lo que ustedes quieran, mi amor... Y colgué. Sí, así fue. Del dicho pasé al hecho telefónico y logré que aceptaran el gran cambio que les proponía mi alegría costeña, purito norte del Perú, mismita luna de Paita y mismito sol de Colán. Por supuesto, todo lo logré a

122

cambio de seguir trabajando en Roma hasta mediados de enero. Culpables: Andrés Zamudio, el otoño parisino, ahora también el invierno romano de París, mis carnavalescos recuerdos de un Colán adolescente y feliz, mi absoluta ceguera, una inconmensurable trampa de la nostalgia, *and last but not least*, el rostro de Genoveva dibujado en un Madrid lejano, ausente, maravilloso, sobre el enorme diseño de una de esas fachadas mías con su toque costeño, peruano, y tristón... Pasé nuevamente una mano entre ese pelo largo, lacio, rubio e inolvidable... Y hasta hoy, sí, les juro que hasta hoy me quedo cojudo al recordar lo imbécil que fui.

Porque hasta Liliane, pobrecita, me lo advirtió. Me lo advirtió desde el otro mundo y me lo advirtió desde el trastero, donde yacía encerrada a cuatro llaves en aquel armatoste inglés. En fin, qué no hizo la pobrecita en su afán de impedir mi partida, que todo lo de Colán sucediera, que me metiera nuevamente con la pareja más sólida de Madrid, debía sentirse culpable mi pobre Liliane por haberme aconsejado una mujer madura, de una edad similar a la mía, y ahora, seguro, contemplaba horrorizada el tremendo lío en que me iba a meter. Y, a lo mejor, hasta lo de Eusebia lo estaba previendo y, como ella me conocía muy bien, sabía lo desgarrado que iba a terminar yo con esa historia complicadísima y elemental, a la vez. Pobre Liliane, no pudo aguantar más y me envió la más clara advertencia de sus temores y angustias.

Pero yo estaba ciego, completamente ciego para esas cosas, el día de mi partida a Madrid, para reunirme con Genoveva y su monstruo y emprender el vuelo al Perú, al día siguiente. Dios mío, qué bruto fui para no captar nada aquella tarde en que, al trasladar mi equipaje desde el dormitorio al vestíbulo, el retrato de Genoveva se vino al suelo y se hizo añicos en mis narices. Más advertencia, mayor simbolismo, no podía contener aquella caída. Meses lleva-

123

ba el cuadro ahí sin que la pobrecita de Liliane hubiese osado quejarse, siquiera. Pero esto ya era demasiado: su Felipe, su adorado Philip Pygma, no podía estar tan ciego como para embarcarse nuevamente en la misma aventura. Decidió actuar, y el cuadro, ya les decía, se vino abajo en mis propias narices, probablemente porque Liliane se había dicho mi Philip anda tan ciego que mejor probamos la nariz. Pero por lo visto, también me falló el olfato porque sólo me detuve para comprobar hasta qué punto se había dañado la foto, púchica, se había cortado y arañado todita y dónde diablos andará el original para hacerle una nueva ampliación. Y se me hace tarde. O corro o pierdo el avión... Total que dejé la foto toda rasgada sobre una mesita, ni me ocupé siquiera de los vidrios desparramados por el suelo y corrí a llamar un taxi. La cara de imbécil que debía tener, sentado ahí atrás en el automóvil, rumbo al aeropuerto y tarareando feliz aquello de *pasa, loco de contento, con su cargamento, para la ciudad...* Que era, por supuesto, Madrid.

CAPÍTULO X

Colán, año 1983 d.C., aunque para mí fue, antes que nada, el año del Fenómeno del Niño, y el de la historia de un amor como no hay otro igual, felizmente, y el año de Eusebia, que le puso *happy ending* al muy *unhappy ending* del trío que debía convertirse en dúo pero sin excluir a nadie, y el de los entrañables Jeanine y Eduardo Houghton, allá en Querecotillo y la hacienda Montenegro, y sobre todo el año de esa maravillosa historia sin principio ni final que es la de Euse y la mía en la hacienda Montenegro, porque el mundo fue y será una porquería en el año 506 y en el año dos mil, según afirma *Cambalache*, un tango casi mortal cuando siento el cambalache que llevo aquí adentro desde que regresé del Perú con todo lo de mi morena enjaulado en el alma, demonios, cómo me corcovea, cómo late lo de la Negra y su Felipe *sin* Carrillo, lo de mi mulata y su flaco, su flaquito, lo que allá viví con tanta fuerza pero que al mismo tiempo se derrumbaba, hacía agua por todas partes, porque no es lo mismo una palabrota pronunciada por una Jeanine que una lisurita pronunciada por una Euse, porque yo, allá, era así, y acá, todo, incluido yo, es asá, como Euse hubiera sido así y asá, allá y aquí, porque Juan Rulfo dijo no se puede contra lo que no se puede y porque hasta Juan Pablo II, al hablar de las tensiones de clases y las desigual-

125

dades sociales en la encíclica *Laborem Exercens*, sobre el trabajo humano, está asumiendo la contribución de ese viejo aguafiestas que fue Marx, a quien Engels mantenía en Londres y se moría de hambre con su mujer de tan alta cuna que ya parecía cama, aunque sin calefacción en el caso de ellos, pobrecitos, también es verdad.

Sí, *El Capital* también es una novela si uno se entera qué página o capítulo escribió Marx un día en que no tenía qué comer, por ejemplo, o una noche en que además de la comida le fallaba la calefacción con un frío de la puta madre y odiaba con toda la razón del mundo a la parte rica de la humanidad, por acumuladora de la parte pobre de la humanidad, y después resulta, humano muy humano, que Engels se había templado de una Eusebia inglesa y ni siquiera cuando venía con los ventolines, con la lana, con los chibilines esterlinos, en fin, ni siquiera cuando llegaba contante y sonante lo dejaba entrar al pobre Engels. O:

–Pasa tú, Federico, si quieres, pero a ésa sí que no me la metes en casa.

Y todo esto, piensen ustedes, siendo todos mortales, habiendo empezado toditos entre lágrimas y caca y polvo serán y Francisco de Quevedo, aunque polvo enamorado en mi caso y en mi casa porque aquí sí entraría Euse pero resulta que la Euse de allá no sería la Euse de aquí ni yo soy el de allá aquí, y aunque sí es verdad contante y sonante, ya que no sólo de pan vive el hombre, que por más que ésta no sea una historia interminable, señoras y señores, yo a cada rato pongo la ranchera aquella de volver, volver, volveeer, y lucho y me desangro tanto y tango por la fe que me empecina y pongo otra vez *Cambalache* en el tocadiscos de los pro, que me he comprado, para escuchar ese tango al mismo tiempo que escucho en el tocadiscos de los contra, que ya tenía, y volver, volver, volveeer, y logro volver en medio de tanto cambalache, señoras y señores, y no voy a decirles *he dicho* porque ya les dije que, si bien ésta no es una histo-

126

ria interminable, sí es una historia interminablemente triste porque jamás la terminaré con un capítulo sin Eusebia, aunque siga sin Eusebia cuando ponga el punto final del penúltimo capítulo y así, ahora, entenderán ustedes mucho mejor por qué no hubo primer capítulo ni habrá tampoco último, salvo telegrama de Euse en el último instante y porque nunca se sabe, tampoco, señoras y señores, y porque, se los repito: ésta es una historia sin principio ni final, un mundo al revés en que uno va por lana con Genoveva y su monstruo y sale trasquilado pero con una Eusebia que lo abriga de pronto y unos amigos maravillosos que lo fugan a uno y lo aceptan con Eusebia, mucho mejor que Karl con la Eusebia de Fede Engels, y uno llega trasquilado a Querecotillo y le crece lana nuevamente en la hacienda Montenegro y de pronto todo se jode por una simple palabrota pero para mí no se ha jodido nada porque me suena mucho mejor el estéreo alta fidelidad de los pro que el estéreo alta sociedad de los contra, y eso que pongo *Cambalache*, en el primero, *y volver, volver, volver*, en el segundo, al mismo tiempo, y luego hago un viceversa porque la verdad es que aquí al ladito tengo una vecina que está como pepa de mango, y con la cual, como decía Vallejo, hemos festinado días y noches de holgazanería, engarzada de arrogantes alcoholes.

Pero yo, las huevas, *never*, y le pongo esa cara de elefante viudo que me he traído del Perú y me regreso aquí para continuar con la dialéctica de los pro y los contra y a éstos los odio por lo de Nicaragua también y así es la vida y además, ¿saben qué...?

Adivinen. Sí, dígamelo usted, el de allá al fondo, no, no, el que está mirándome con esa cara de saberlo todo, ¿es usted loquero, por casualidad?, que así les llamaba mi Euse a los que, no siendo curas, curan el alma enferma y esto por la sencilla razón de que a los traumatólogos les seguía llamando hueseros en su mundo de brujos y curanderos de cuando era chiquita, pero algo queda siempre... Pero, a ver, señor, dígame usted lo que ha adivinado sobre mi condición humana en general.

–Soy español, señor Carrillo, y usted perdonará, pero allá en mi tierra hay un refrán que dice, con su perdón: Quien nace para burro, muere rebuznando.

–¡Viva la España profunda, caballero! Y gracias, gracias por haberme adivinado hasta tal punto. Y mire, usted también me va a perdonar, pero da la casualidad de que en mi país existe igualmente un refrán, bueno, un refrán no, sino un verso de ese poeta magistral al cual le dolía el Perú como a mí me duele ni siquiera haber conocido bien el Perú –pero, en fin, eso es algo que les sucede hasta a los presidentes de la república, en mi país– y al cual también le dolía España en unos poemas llamados *España, aparta de mí este cáliz*, y que después se murió porque también le dolía París y el mundo entero, me imagino... Bueno, pero a lo que iba, señor, él lo adivinó también a usted en uno de los gritos más llenos de amor que he escuchado en un verso: *Español de pura bestia*, señor...

Pero ya va siendo hora de que apague mis pros y mis contras y de que volvamos a Colán donde lo dejamos, o sea ya con tremendos chaparrones, ríos que no iban a dar a la mar porque eran la mar de grandes y lo inundaban y erosionaban todo por abajo y se cayó la casa de la familia Temple, la de los altos pilotes, más chaparrones y después las lluvias torrenciales y los fenómenos del niño, porque ahora sí me atrevo a decir que fueron dos los fenómenos, el de afuera, o sea el de la Corriente del Niño, y el de adentro de casa, o sea el del niñazo nada corriente, el tan nombrado y valiente cojudo de Bastioncito, el de su mamita, vamos, para que todo quede claro y retomemos el hilo negro de esta historia de...

Pues ahí sí que los agarré: creían ustedes que iba a decir, ya sé, esta historia de un amor como no hay otro igual... Pero no, porque de lo que se trata ahora es de una historia de seis amores como no hay otros seis iguales, tampoco. A saber:

1) Amor de Felipe Carrillo por Genoveva de Brabante, burro por delante.
2) Amor de Genoveva de Brabante por Felipe Carrillo.
3) Amor de Genoveva por Bastianito Ito, su platanito.
4) Amor de Bastioncito por su mami.
5) Neorrealístico amor de Felipe Carrillo por Eusebia Lozanos Pinto.
6) Inesperado y verdadero amor de Eusebia Lozanos Pinto por Felipe Sin Carrillo, por fin.

Había pasado más de una semana cuando, por fin, decidimos abrir todas las maletas, colgar la ropa, instalarnos como era debido, que la sala no era un dormitorio, y que los dormitorios no fueron hechos para animales. Todo aquello creó una cierta solidaridad de los humanos contra perro, gato, lora y mono, basada mayormente en la pestilencia que se estaba instalando en ambas habitaciones y en la resistencia que ofrecieron Sandwich y Kong, sobre todo, al abandonarlas. También Eusebia se instaló aquel día, pues entre la lluvia, los cortes en el camino y los desbordes, cada vez le resultaba más difícil hacer el trayecto entre Colán y su casa. Su dormitorio quedaba al fondo de lo que había sido un pequeño jardín, y la pobre tenía que embarrarse todita cada vez que lo atravesaba. Era un dormitorio modesto, para una mujer de color modesto, pero con el tiempo pude comprobar que tenía al menos su bañito propio, ducha de agua fría y wáter, nada más, y que la cama, aunque estrecha para dos personas, no estaba nada mal y hasta llegó a estar requetebién en comparación con la mía, porque todo es relativo en esta vida y porque fueron mi tabla de salvación aquel crujiente somier y el colchón de precio también modesto, sin duda alguna, pero al cual llegué por fin una mañana, loco de anhelos de ansiedad, y como buen ciego que era dije veremos y terminé viendo.

La solidaridad, sin embargo, duró lo que dura una flor que ya se está marchitando, porque a mediodía, cuando por fin habíamos logrado expulsar a los animales, limpiarlo todo, y sobre todo ventilarlo todo, Bastioncito se instaló con la más aguda de las voces humanas, o sea con tiple, en el dormitorio del extremo derecho del corredor, cediéndonos a Genoveva y a mí el del otro extremo, cosa que los dos le agradecimos desde lo más profundo del alma, asegurándole que a cambio de su infinita bondad, cada noche, antes de apagar la luz, iríamos a hacerle una larga visita, porque había que seguir así, muy juntos, siempre juntos ante la adversidad. Bastioncito, fíjate tú qué mala suerte, venirnos hasta este paraíso y encontrarlo en semejante estado y además con cara de que las cosas no van a mejorar sino todo lo contrario, según cuenta Eusebia, que hace tiempo trabaja por aquí. La respuesta del monstruo no se hizo esperar, por supuesto.

–Qué puede saber una sirvienta de estas cosas. Y además, la otra tarde paró de llover un rato y cuando salió el sol la playa me siguió pareciendo una mierda.

Eusebia, felizmente, estaba en la cocina, porque ése era su lugar, menos a la hora de la limpieza y de las comidas, y porque ése era además su lugar favorito. Ahí tenía su radio y la ponía altísimo y cerraba la puerta para no tener que estar soplándose la cantidad de sandeces que decía el niño ese tan mal envasado que se han traído estos señores, que de marica p'arriba no para y que con lo lindo que camina su mamá, en él los mismos andares parecen de pato viejo o como si tuviera los huevos de loza, más la voz, mamita, y eso que dicen que ya ha cambiado de voz el mal envasado, pues si un día yo tengo un hijo así, a patadas lo adelgazo, lo hago caminar como hombre, y le vuelvo a cambiar de voz.

Nuestra primera visita al dormitorio de Sebastián fue tan larga, que Lorita no paró de revolcarse de risa hasta que por fin opté por la retirada. Pensé que Genoveva me acompañaría, pero me dijo que en un par de minutos estaría conmigo. Pasaron un par de horas y después ya no sé cuántas horas más pasaron, porque me quedé profundamente dormido, pero lo cierto es que debían ser las mil y quinientas, ya que ni cuenta se dio Genoveva cuando me levanté, a la mañana siguiente, y porque tanto ella como Bastioncito durmieron también hasta tardísimo aquella mañana. Total, que me encontré tomando desayuno con Eusebia, en la cocina, escuchando música y haciendo lo posible para que se diera cuenta de que yo, en fin, de que yo no era como los, en fin, que yo, bueno, que, que está muy bueno este café, Eusebia, y sírvame otro poquito, por favor, y al Bastioncito no le haga el menor caso, por favor, está más loco que una cabra, Eusebia...

–Las cabras no son tan locas como parecen –me soltó Eusebia, de lo más inesperadamente, y la verdad es que no hubiera sabido qué hacerme con tamaña verdad, buscaba pero no se me ocurría respuesta alguna mientras ella me servía el café, y yo estaba ya a punto de darle toda la razón, cuando un boletín de noticias ocupó toda nuestra atención. Las cosas iban de mal en peor, el parte meteorológico no podía ser más pesimista en lo referente a la zona en que nos hallábamos.

–¿Qué piensa usted, Eusebia? –le pregunté.

–La cosa se está poniendo realmente fea, color hormiga, señor Carrillo.

Me jodió un poquito que me llamara señor Carrillo, pero de ahí no pasó la cosa por el momento. Después, Genoveva y Bastioncito empezaron a reclamar su desayuno, desde el comedor, y fui a sentarme con ellos y a contarles lo que había oído en la radio.

–Tal vez deberíamos irnos, Genoveva, me parece lo más prudente.

–¿Por qué? –interrumpió Bastioncito, por supuesto–. ¿Tienes miedo? Yo no tengo miedo, mamá tampoco tiene miedo, y los animales tampoco tienen miedo. ¿Y usted tiene miedo? –le preguntó Bastioncito a Eusebia, que en ese instante acababa de llegar con los dos desayunos. Estaba más Bastioncito que nunca, después de la nochaza que se había pasado con su madre.

–Cuando el Niño se pone así, todo el mundo tiene miedo –le respondió Eusebia, con tal cara de doble sentido, que Genoveva y yo miramos al techo inmediatamente, con gran tacto.

Bastioncito la odió. La odió para siempre, desde aquella mañana, echando por tierra mis últimas esperanzas. Buen hijo de puta también había sido yo, deseando como llegué a desearlo que el mal envasado, como le llamaba Eusebia, descubriera mundo, demonio y carne con tremendo lomazo, que se muriera ahí entre esos muslos que hasta con el traje seco parecían neorrealistas, entre esas ancas que Eusebia balanceaba riquísimo, no bien arrancaba un ritmo en su radio. Sí, todo esto lo vi yo así y lo deseé también así, aunque ahora me avergüenzo y a la misma Eusebia se lo conté en nuestra primera noche en la hacienda Montenegro.

–Gua –me dijo, entonces–, pero tú qué te crees, Flaquito, ¿que *eso* es hombre? *Eso*, por lo menos, es absolutamente soltero.

Pero Bastioncito no era nada soltero cuando se trataba de su mamá, y las visitas nocturnas continuaron prolongándose hasta que yo no daba más de sueño, anunciaba que me iba a dormir, y Genoveva me anunciaba que se quedaría un ratito más para la despedida. Cuatro o cinco veces logré esperarla despierto, pero no bien la recibía entre mis brazos, al monstruo se le había olvidado decirle algo muy importante a su mamá e irrumpía y se desesperaba al encontrarnos fuertemente enlazados, besándonos como quien recupera el tiempo perdido. Pegaba un portazo, gemía a todo lo largo del corredor, y empezaba a dar de golpes en la pared de su dormitorio, no bien se tumbaba furioso en la cama.

–No le hagas caso, amor –le decía yo a Genoveva, tratando de retenerla–. No podemos hacerle caso, mi amor.

Pero la única noche en que Genoveva intentó quedarse conmigo, no hacerle caso, el monstruo regresó corriendo y gimiendo por el corredor y empezó a patear nuestra puerta. Me cago, dije, mejor se estaba en Madrid con los teléfonos de cuarto a cuarto. Genoveva no escuchó estas palabras, no tuvo tiempo para escucharlas porque ya había salido disparada y desnuda en busca de su hijo. Lorita se revolcaba de risa, Ramos ladraba eléctrico, Sandwich maullaba, y Kong se agitaba como un loco, masturbándose probablemente, o sea que llegó esa noche en que, después de haber luchado desesperadamente por retener a Genoveva entre mis brazos, todo inútilmente, se armó el gran laberinto de animales y Kong me convenció de que no me quedaba otra solución, en el estado en que me hallaba, y muy probablemente nos masturbamos al mismo tiempo. Cómo gozaba el mono de mierda cada vez que veía a Genoveva pasar desnuda y corriendo de nuestro cuarto al del canalla de mierda ese.

Poco después me pescó el insomnio, y creo que a todo el mundo le habría pasado lo mismo. Vivir así, encerrados, porque de la casa ya ni salir se podía, sólo Eusebia se aventuraba cuando la comida empezaba a escasear. Días enteros me pasaba sentado en la sala, escuchando las sandeces de Bastioncito y Genoveva, y luego las noches, las noches que ya les he contado. Quién aguanta tanto, yo no, en todo caso, y por fin tuve que recurrir a los sedantes y somníferos. Pero habían desaparecido los pocos que traje y que llevaba conmigo siempre en mis viajes, más que nada por los cambios horarios o para dormir en los aviones, en los vuelos largos. Sí, los somníferos y sedantes eran el último recurso

133

que me quedaba, pero ahora resulta que habían desaparecido y que eran las cuatro de la mañana y que Genoveva y Bastioncito seguían como unos reyes en el otro dormitorio. Les toqué la puerta y nada. Insistí y nada, hasta que logré abrir la puerta con un feroz empujón y me los encontré ahí, de lo más conversadores y felices. No pude más, y arrojé a Genoveva al suelo con otro empujón feroz y al monstruo empecé a estrangularlo hasta que el muy hijo de puta me confesó que les había dado todas mis pastillas a los animales, porque estaban muy nerviosos con tanta lluvia y el ruido del mar. ¡Qué ricas bofetadas las que le arrimé, carajo! Fueron sólo un par de docenas, pero qué ricas, aunque después qué hacer con una Genoveva que me había jalado brazos y pelo en defensa de su hijo y ahora pegaba de alaridos entre ladridos, maullidos, carcajadas y demás gritos de guerra que aterraron hasta a Eusebia, que atravesó bajo la lluvia los lodazales del jardín y apareció con un fustán empapado por pijama.

Cuántos golpes y gritos no habría oído ya la pobre, y bien que sabía de qué se trataban, porque cada mañana desayunábamos juntos, mientras los otros seguían durmiendo hasta las mil y quinientas. Pero Eusebia sabía también disimular y actuaba siempre como si no estuviese al corriente de nada, salvo la noche aquella en que apareció con el fustán empapado y con sólo mirarla me calmé por completo, porque la verdad es que de un solo golpe la mulata me puso al corriente de todo, por decirlo de alguna manera. Todo, era, por supuesto, refugiarme día a día en la cocina con ella, los otros ni cuenta se darían, escuchar música con ella, tener un poco de paz con ella, y no soplarme las babosadas que andaba haciendo Genoveva con su hijo. Porque aquella mujer que, ya desde entonces y cada día más, no iba a ser jamás mi esposa, estaba redactando, escrito y oral, como en los exámenes, su biografía para su hijito y a pedido de su hijito, que la escuchaba embelesado ser descendiente de algún noble, de algún general que ganó una gran batalla, de algún famoso obispo, etc., pero que la interrumpía y le corregía todo, no bien algún episodio no era de su entera satisfacción. Por lo cual, deduzco que yo, por ejemplo, simplemente no existo ni existí jamás, según la biografía de Genoveva. Y cosa increíble, la biografía era ilustrada, nada menos que ilustrada con las fotos que diario, a lo largo de toda su vida, Genoveva se había ido tomando sabe Dios por qué razones, pero me imagino que fue porque algún miembro de su familia era un loco de la fotografía. Lo cierto es que escribía y contaba, al mismo tiempo, lo que había hecho un día, a los cinco años, por ejemplo, con la foto de ese día, y la del día siguiente, en que había hecho otra cosa, y como en ambas fotos Genoveva estaba exacta porque habían pasado tan sólo veinticuatro horas y hasta llevaba el mismo traje, el tiempo no pasaba y cuando estaba a punto de pasar, trampeaban de mutuo acuerdo y sacaban fotos que ya habían visto, con lo cual Genoveva, que tenía sus trabajados y trabajosos cuarenta años, terminaba teniendo la misma edad que la inglesita de Ibiza y uno simplemente no se podía creer ni mucho menos aguantar semejantes cojudeces y no quedaba más remedio que largarse y qué mejor sitio que la cocina donde Eusebia siempre estaba escuchando la radio y donde también era cada día más agradable escuchar la radio con Eusebia porque ya conversábamos con mayor facilidad que en los primeros días y ella debía haber visto muy bien lo mal visto que estaba yo en esa casa y yo, en todo caso, ya había visto a Eusebia en fustán empapado.

Las torrenciales lluvias nocturnas aumentaron mi insomnio y también la rabia que me daba que, justo ahora que empezaba a escasear la carne, todo el hígado se lo dieran a Sandwich, con eso de que era asiático y muy fino y mataba leones y sólo podía alimentarse de hígado, según su veterinario. Total que a mí, nada de hígado, con lo mucho que me gustaba hasta entonces, con lo mucho que me había encantado un hígado encebollado que preparó Eusebia cuando recién llegamos. Empecé a odiar al gato, que parecía ser tan insomne como yo, o es que los somníferos empezaban a hacerles falta a todos menos a Genoveva y su monstruo que seguían durmiendo como unos troncos, a pesar de que la cosa se estaba poniendo realmente grave y casi todo el mundo había abandonado Colán y la radio aconsejaba firmemente abandonar Colán. Total que de noche Eusebia no dormía, Kong no dormía por Eusebia, Sandwich no dormía porque estaba muerto de miedo con tanta lluvia y el ruido de las olotas allí afuera, y yo no dormía por todas estas razones, y porque Ramos no cesaba de gemir, además, y por lo bien que dormían madre e hijo, además, y el último además fue porque, carajo, este gato de mierda maullando toda la noche y de día tragándose todo mi hígado.

Hasta que lo agarré a patadas una noche y el alivio fue tan grande, que logré dormir unas cuantas horitas, motivo por el cual cada noche le arrimaba su buena pateadura al gato de mierda y me metía en la cama en seguida. Era mi único desahogo, mi único desquite, y qué bien las pasaba sacándole la mierda al gato a eso de las tres de la mañana. Después me acostaba, bastante relajado, lograba dormir hasta cuatro horas, y ya era costumbre que a las ocho apareciera en la cocina para desayunar con Eusebia y su música y el ritmo de ese cuerpo con música en el cuerpo y esas curvas y ese tondero animadísimo, qué turgencias cuando me daba la espalda porque estaba calentando el café y qué manera de gozar en las fugas con retruque que seguían al tararear de sus tonderos. Fueron y serán, sin duda alguna, los desayunos más eróticos que he pasado en mi vida, y ya yo me había abonado y todo, hasta que una mañana la radio anunció que la carretera de Colán había quedado cortada del todo y de todo y Eusebia pegó uno de los gritos más premonitorios que he escuchado en mi vida:

–¡Nos quedamos solos, Felipe! Tener todo el miedo de tamaña hembra llorando entre los brazos de uno, sentir cómo se prende de uno y se abraza de uno y lo baña en lágrimas a uno, era, a su manera, todavía más rico que ver a la propia Eusebia en fustán empapado. Y además me había llamado Felipe, Felipe Sin Carrillo, qué rico, qué sabroso y qué maravilloso sonaba, caray. La consolaba poco y mal para que me llorara un ratito más, siquiera, para que se me abrazara más fuerte, para que se me mojara un poquito también ella, para abrazarla también yo y prendérmele como ella se había prendido de mí. En fin, todo esto formaba parte de un primer tiempo de mi consuelo, por decirlo en términos deportivos, porque ya durante el segundo tiempo empecé a hablarle hasta que me empezó a hablar y a acariciarla hasta que me empezó a acariciar y a besarla hasta que me empezó a besar y a besar y a besar y se olvidó por completo de sus lágrimas y me dijo que sentía tanta pena por mí, que yo ahí era el único que le había dirigido la palabra como era debido, el único que la había tratado bien y después debió pensar que también era el único que me la merecía a ella porque casi me ahoga de un beso y cuando logré respirar de nuevo me dijo una casa sin mujer no es una casa y vámonos para mi casa allá al fondo del jardín. Casi me le arrojo encima, pero de miedo, porque todo era como demasiado rápido para mí, y es que ahí adentro estaba Genoveva y además con otro beso así me mata esta morocha. Inhalé, exhalé, alcé y abrí los brazos respiratoriamente, bajándolos en seguida con exhalación suave, para recuperarme en caso de que hubiera un nuevo beso de ésos antes de lo previsto. Y, un poco para darme tiempo, le dije:

–Euse –me encantó decirle Euse, o sea que de nuevo le dije–: Euse, pero Genoveva...

–Guá... ¿A ésa la vas a comparar conmigo?

–No comparo, Euse, sino que...

–Mira, Flaquito, ni blanca sin tacha ni morena sin gracia. Lo único que entendí fue lo de Flaquito, como antes había entendido y vibrado con lo del primer Felipe Sin Carrillo que había escuchado en siglos a la redonda, por lo rico que era, pero lo de Flaquito era más rico todavía y así fue como por primera vez le dije que tenía toda la razón del mundo, no es casa la casa donde no hay mujer, Euse, con tremenda alusión al dormitorio al fondo del jardín de barro y arenas movedizas, a juzgar por lo que se podía ver desde ahí, pero Eusebia insistió en un último movimiento de celos populares y me soltó tremenda alusión a la edad de Genoveva:

–Quien nísperos come y bebe cerveza, espárragos chupa y besa a una vieja, ni come, ni bebe, ni chupa, ni besa.

Con lo cual, fui yo quien trató de ahogarla esta vez con un beso, pero casi salgo trasquilado y hasta el dormitorio llegamos medio empapados, yo con el pijama salpicado de barro porque corrimos como locos por el jardín que se hundía bajo nuestros pies y así fuimos a dar a la cama de precio modesto y después al bañito modesto para volver a la cama modesta hasta dos veces más, modestia aparte, y yo dale con que me gustas, Euse, y ella dale con que y tú también, Flaquito, y ya verás cómo te voy a engordar con tu hígado que tanto te gusta, desde hoy te voy a dar todo el hígado encebollado que quieras, y yo, pero Euse, y Euse, pero Flaquito, no te has dado cuenta de que en los últimos días le he estado dando riñones a ese gato tan feo, déjame tú a mí y verás, te voy a preparar un hígado que qué más quisiera el gato que lamer el plato...

Me iluminaron la mente estas palabras de Euse y, después de haber intentado ahogarla nuevamente con un beso, me costó muchísimo trabajo decirle que en Sullana, en Querecotillo, tenía unos grandes amigos.

–Yo soy de Sullana, Flaquito; conozco Querecotillo.

–¿Conoces la hacienda Montenegro?

–Sé cuál es pero no la conozco.

138

–Lo malo, claro, es que no hay ni teléfonos ya...

–¿Quieres mandar un mensaje? Yo lo hago llegar.

–Pero, cómo, si...

–Me alisto y me voy, Flaquito, y te juro que en tres días estoy de vuelta. Y que te saco de aquí. Yo le entrego ese mensaje a tus amigos. Bueno, yo misma no, porque no creo que pueda llegar hasta allá, pero conozco quien se puede acercar a donde un amigo que se puede acercar más, como en una cadena, Flaco. Dame tres días o cuatro, máximo, y te aseguro que tu mensaje llega y que yo regreso antes. Y en cuanto a esos dos, por ahora que cocine ella y aprenda. Después, si quieren los sacamos y si quieren que se mueran juntos.

–Tendré que contarle todo, Euse.

–Bien merecido se lo tiene. ¿Qué se creyó? ¿Que porque yo andaba siempre en la cocina...? La que luce entre las ollas no luce entre las otras, pero dime ahora cómo te sientes, Flaco...

No sentí ganas de ahogarla con un beso, y no fue por miedo, créanme, fue porque sentía ganas de algo completamente distinto, ganas como de... como de... Bueno, por fin le dije que la iba a extrañar mucho, que iba a dormir pésimo hasta que regresara, que volviera rápido, por favor, que desde el primer día me había gustado mucho tomar desayuno con ella y que...

–Escribe tu mensaje y anda ya p'adentro, Flaco. No tardan en despertarse ésos y yo quiero estar ya en camino cuando empiecen a preguntar por mí.

Crucé el jardín nuevamente en pijama y salpicándome íntegro y entré a la casa con las zapatillas empapadas. Genoveva y Bastioncito estaban en el comedor y ninguno de los dos me preguntó de dónde venía y por qué andaba en ese estado. Me senté a fumar un cigarrillo y les pregunté por Eusebia. Bastioncito me respondió que la había llamado dos veces, pero que la muy cretina seguro se había quedado dormida.

–No se preocupen –les dije–. Yo les calentaré la leche y el café. Todo lo demás está listo y sólo es cosa de ir a buscarlo. Dejen, yo iré.

Y me demoré en la cocina hasta que vi que Eusebia se iba por la puerta del fondo del jardín. No se le ocurrió que yo la estaba observando, que le había dado tiempo para vestirse y poner nuestro plan en marcha. Le hice adiós, como un imbécil, porque ya no podía verme, y sentí mucho miedo por ella. Después pensé que, a pesar del riesgo, era nuestra única solución, pero entonces lo que sentí fue muchísimo miedo por ella y volví a hacerle un adiós de idiota a la puerta cerrada por donde se había ido. Por fin, regresé al comedor con las cosas del desayuno y les anuncié que Eusebia había desaparecido.

–¿Qué? –me preguntó Genoveva, entre asustada y sorprendida.

–¡Y qué se ha creído esa cretina! –soltó el cretino.

–No sé –le dije, calculadamente–, yo no me había dado cuenta de que estuviese descontenta ni nada...

–Esa imbécil se ha ido de puro cobarde.

–Tal vez –le dije–, pero lo veo muy difícil porque esta mañana la radio anunció que la parte de la carretera que llega a Colán ha desaparecido por completo, arrasada por las aguas. Dijeron también que a los sobrevivientes los buscarían patrullas de rescate.

–¿Y por qué esa imbécil no esperó que llegaran esas patrullas?

–Ya te digo que no lo sé, Bastioncito. Yo no la he visto nerviosa ni nada y la única queja que le he oído fue aquí, mientras limpiaba el comedor hará un par de días. Dijo que estaba harta de trabajar en una casa donde había un afeminado...

Silbé mientras me odiaban y, con gran tacto, hacían desesperados esfuerzos para no darse por aludidos.

CAPÍTULO XI

Eusebia había desaparecido, el teléfono hacía rato que no existía, era inútil contar ya con la carretera, la radio se acababa de cortar definitivamente, y afuera la lluvia seguía arreciando y el mar estaba bravo y movido, haciendo de las suyas con la playa. Y Bastioncito, por supuesto, se estaba muriendo de un miedo fláccido, gritón, y pésimamente envasado, como decía Eusebia. Realmente le quedaba fatal el miedo al gordinflón hablantín, pero él nada, ni cuenta se daba de lo antipatiquísimo y rosquete que estaba, y cada media hora, más o menos, dejaba de ser Bastioncito para convertirse en Bastianito Ito, con gran tacto, pero ni eso le funcionaba ya porque Genoveva se había encerrado en un mutismo que delataba, más que ocultaba, orgullo, temor, reflexión y sospecha. Todo esto lo observaba el monstruo, y luego me miraba sonriente mientras yo lo miraba con cachita, como diciéndole te conozco, mascarita, lo que estás intentando es ver de qué lado te pones ahora que las cosas andan color hormiga.

No hubo más biografía escrita, oral e ilustrada, desde la partida de Eusebia, y yo guardaba un silencio que hubiera sido feliz si no es por la preocupación que sentía por ella. Me había asegurado que no corría peligro alguno, que esas cosas las había hecho ya antes, que todo el mundo las hacía

141

en estos casos, pero su ausencia me preocupaba de todos modos. Y, además, la extrañaba.

Y, además, de pronto, Bastioncito había empezado a usar todo su tacto conmigo y a deshacerse en amabilidades que llegaron hasta el extremo de anunciarle a Genoveva que esa noche quería dormir solo, completamente solo, y que ella se las arreglara para romper el hielo que había creado conmigo, por su culpa, sí, por tu culpa, so cretina. Clarito le oí decir todas estas cosas desde la cocina, donde yo había ido en busca de inútil refugio, de imposibles noticias, y de algo que me recordara a Eusebia. Total que la noche llegó e imaginé que me tocaba noche de amor con Genoveva, bajo los generosos auspicios del imbécil de su hijo. Y así fue. Genoveva apenas se despidió de Bastioncito, antes de acostarse, pero cuando llegó a nuestro dormitorio, me encontró en bata y poniéndome los zapatos más gruesos que tenía.

–¿Qué haces? –me preguntó.

–Me voy a dormir al cuarto de Eusebia –le dije, agregando que ya me había acostumbrado a dormir solo, que podía disponer tranquilamente de nuestra cama, y que los zapatos me servirían para cruzar la laguna en que se estaba convirtiendo el jardín.

Fue una manera de decirle las cosas sin decírselas, y nunca sabré si en esos momentos las captó o no, o si las captó pero la situación y su orgullo la obligaron a actuar como si aún no se hubiera dado cuenta de nada. En todo caso, la pobre debió sentirse bastante incómoda y ridícula, pues su hijo acababa de mandármela, con gran tacto, y yo, con mayor tacto y sin decir ni pío sobre lo que realmente estaba ocurriendo, acababa de mandarla a la mierda. Y los dos sabíamos ahora que su hijo estaba actuando como lo que realmente era: el más cobarde de todos los cobardes de todo el mundo.

Desperté muy temprano, a la mañana siguiente, y me estaba preparando el desayuno cuando apareció Bastioncito, despierto por primera vez a esas horas, loco por desayunar conmigo. Le dije que Genoveva se había dormido muy tarde, la noche anterior, lo cual hizo que le saliera un gallito en pleno tiple, pero no por eso se desanimó y solito se calentó su leche y se instaló a desayunar a mi lado, de lo más conversador. Hablaba hasta por los codos, lo cual era algo bastante horrible a esas horas de la mañana, y no cesaba de decir que habíamos tenido mala suerte pero que la playa, se notaba a pesar de todo, era una maravilla y que para esta noche tocaba luna llena y que ojalá parara de llover aunque sea un poquito para que la pudiéramos ver juntos desde la sala...

–Habla más bajo que vas a despertar a Genoveva.

–Ay no, con lo pesada que está últimamente.

–Pesada, ¿por qué?

–¿No te has dado cuenta? La muy tonta está muerta de miedo.

La muy tonta hizo su ingreso en ese momento, bostezándose una mala noche de la patada, a juzgar por el estado de los ojos y el tamaño de la boca. Logró cerrarla, por fin, al cabo de un buen rato, y se sentó como quien pide permiso. De lo cual, por supuesto, aprovechó el otro para decirle no sé qué esperas, tontonaza, porque aquí el que no se prepara su desayuno, no desayuna.

–Deja, Genoveva –le dije–, yo te lo voy a preparar.

–Deja, Felipe Carrillo –agregó el otro, por supuesto–; yo voy, en ese caso voy yo. Lo que sí, quiero que esta tonta sepa que no se interrumpe una conversación entre dos personas que se lo están pasando en grande.

Más hijo de puta de lo que yo pensaba, me dije, mientras el monstruo se dirigía a la cocina y Genoveva, abandonada por sus dos grandes amores, perdía orgullo, tacto, piso, en fin, lo estaba perdiendo todo mientras dos gruesos lagrimones emprendían su recorrido cuesta abajo, vía mejillas, y a mí empezaba a partírseme el alma. Le presté un kleenex, de los últimos que quedaban, porque ya de todo empezaba a no quedar casi nada, incluidos el tacto y el amor, lo cual me produjo una pena tan grande como el amor que había sentido por ella. O sea piedad, lo cual es una vaina porque por ahí dicen que la piedad es una pasión más fuerte que el amor y, en efecto, algo muy extraño se apoderó de mí esa mañana, desde que vi el par de lagrimones en el rostro de Genoveva, y desde que supe hasta qué extremo el monstruo podía afectarla con una sola palabra. Empecé a sufrir por ella y a compadecerla, al mismo tiempo. Me sentía lejos de ella, lejos de todo lo que no fuera el retorno de Eusebia, y sin embargo sentía la tentación de volvérmele a acercar en la soledad que estaba viviendo en aquellos momentos. Pero, en el fondo, fue la presencia del monstruo, que había regresado con el desayuno de su madre, la que me empujó a pedirle que me acompañara un rato a nuestro dormitorio.

–Y tú, quédate ahí –le dije–, porque de ahora en adelante, de nada te va a servir ser Bastioncito, Bastianito Ito, Miplatanito, y todas esas demás cochinadas que da vergüenza repetir.

Genoveva me siguió, como quien obedece a ciegas, y el monstruo se quedó sentado, como quien acaba de escuchar su sentencia de muerte. Lo malo, claro, es que no sabía muy bien en qué consistía el próximo paso, porque tampoco se trataba de engañar a Eusebia, a Genoveva, y de engañarme a mí mismo. Lo único que me quedaba, entonces, era fingir y para eso sí que iba a necesitar un enorme tacto, porque tampoco sentía el menor deseo de fingir. La verdad, me sentía como si me hubieran dado un zapallazo en la cabeza, pero Genoveva insistía en mirarme como el tango ese de *volvió una noche*, o sea demasiado tarde y había en sus ojos tanta ansiedad, que tuve pena de aquel espectro, que fue locura en mi juventud. Y eso que era de día y que todo parecía indicar que la lluvia iba a cesar por algunas horas y que también nosotros podríamos darnos el lujo de una pequeña tregua.

Ah, son terribles los seres que lo hacen sufrir a uno y sentir compasión, al mismo tiempo. Siempre te miran demasiado tarde ya y con cara de demasiado tarde ya, con lo cual te entran extrañas nostalgias de mundos perdidos, acompañadas por el extraño deseo de quedarte un ratito más, como quien dice a ver qué pasa.

El ratito de Genoveva y mío duró hasta las diez de la noche, o sea unas doce horas seguidas acariciándonos de mentira y besándonos también de mentira y hablando de un pasado, un presente y un futuro pura mentira y tumbados en nuestra cama, lo cual era mucho decir, o sea que era una nueva mentira el estar tumbados ahí en la cama fumando espero de mi pasado insomne y la cruel verdad de su vida y la de su hijo. Otra cosa que también fue verdad, en medio de tanta mirada triste e incrédula: por una vez en la vida nos habíamos olvidado por completo de Bastioncito y algo había en el ambiente porque hasta dejó de llover y estaba saliendo la luna y los cuatro animales como que nos rendían silencioso homenaje o era que el monstruo se acababa de suicidar.

Qué va, el monstruo estaba vivito y coleando y más monstruo que nunca. La que le había preparado a su madre, el muy hijo, la verdad es que mereció mi admiración y si le hubiese tenido cariño creo que hasta aplaudo. Era un criminal nato, el de la más aguda de las voces humanas, era un doctor Jekyll y un míster Hyde, el más grande hijo, pero las dos cosas al mismo tiempo, lo cual quiere decir, y me consta, que nunca podía llegar a ser del todo bueno pero que, en cambio, en sus momentos de Bastianito Ito y hasta en los de Miplatanito, podía ser un verdadero hijísimo. Genoveva quedó hecha mierda, y creo que ya para siempre, y el otro tan contento porque eso le pasaba por quitarle a su amigo Felipe Carrillo, esta mañana, cuando lo estábamos pasando en grande, durante el desayuno, y llegaste tú, so cretina, a arruinarlo todo.

Nosotros lo habíamos dejado completamente trayendo

el desayuno para su mamá, completamente Bastianito Ito y hasta remilgándose todito para alcanzar su estado Miplatanito, y resulta que ahora le salía con tremenda maldad a su madre. Y preparada desde España, para casos de suma urgencia, como éste en que entre el Fenómeno del Niño, Genoveva y yo, no sé cuál de los tres le daba más miedo y lo obligaba a quemar su último cartucho. Pero si ya les decía, doctor Jekyll pero con míster Hyde y viceversa y siempre y además y todavía. Ah, no, les juro, el hijísimo era y debe seguir siendo, cuídense porque anda suelto, sí, era, es y será como nadie nunca es así.

Se jodió la Francia, dije yo, un ratito después, porque la verdad es que tanto Genoveva como yo tardamos en darnos cuenta de tremenda maldad. Habíamos entrado a la sala, para ver la luna con él y comer después, y lo encontramos de lo más tranquilo, escribiendo su diario en la mesa del comedor. Ni cuenta nos dimos, pues, en un primer momento de la pequeña fotografía en colores, con su leyendita abajo, que había colocado pérfidamente y como quien no quiere la cosa, al lado del diario. Alzó la cabeza, nos miró sonriente y acogedor, y tipleó que había parado por fin de llover y que la luna estaba preciosa, realmente preciosa, Felipe Carrillo, realmente maravillosa, mamá. O sea que todo iba de maravilla y yo me fui a servir un trago y a buscar hielo en la cocina, y, mierda, todo estaba empapado y la radio de Euse se está empapando, qué tales goteras, caracho, para de llover afuera pero adentro llueve más que nunca y, demonios, tampoco hay hielo ni electricidad en la cocina, el cortocircuito es inminente, caracho.

Tardé un poco en volver y Genoveva recién como que estaba volviendo en sí de algo espantoso que también yo capté, recién entonces, con un whisky doble y sin hielo en la mano. El valiente puta de Bastioncito se había traído su última maldad preparada desde España, qué bestia, hasta en la maldad era precavido y viajaba listo para todo tipo de circunstancias malvadas. Genoveva, al parecer, todavía no lo podía creer. No, simplemente no lo podía creer y seguía con la fotografía en la mano, leyendo lo que decía debajo, leyéndolo y releyéndolo mil veces, más bien, a juzgar por el tiempo que pasaba sin alzar los ojos de las cuatro o cinco líneas escritas bajo la foto de un camión muy moderno y aerodinámico, visto casi de perfil y con un gran letrero que decía MUDANZAS en toda la parte de la carga.

Me acerqué, leí, y en efecto se trataba de la publicidad de una revista española, porque en el Perú, dejémonos de tonterías, hace como mil años que no se ve una revista con esa calidad de papel. Hablaba simplemente de mudanzas a precios rebajadísimos, con o sin chofer, a cualquier hora del día o de la noche, y con tarifas muy especiales según la distancia. Pobrecita Genoveva, creo que nunca la quise tanto desde que la dejé de querer. Pobrecita, pero ella tenía toda la culpa. Pero pobrecita también en ese instante porque si el recorte de la foto lo había traído Sebastián, la amenaza de quedarse sola era enorme. No, entonces no podía ser verdad, porque conmigo acababa de vivir toda una tarde de mentira con caricias y besos de mentira porque todo se había terminado entre nosotros de verdad. Y ahí fue cuando me preguntó:

–¿Tú trajiste este recorte, Felipe Carrillo?

–A qué santos lo iba a traer yo, Genoveva...

–Lo traje yo, mamá –soltó tiple, el monstruo de Colán–; hace tiempo que estaba pensando irme a vivir a Bilbao, con papá, y no quisiera que la mudanza le saliera muy cara.

Tragué saliva, luego dos tragos largos de whisky, carraspeé, y por fin atiné a decir ¿y qué tal si miramos la luna con un whisky doble y sin hielo, Genoveva?, ¿y tú, quieres algo, oye? Pero no hubo respuesta alguna para mis palabras de aliento y, tras haberles anunciado que yo, en todo caso, sí quería algo, regresé a la cocina en busca de otro whisky doble. Es el verdadero Monstruo de Colán, me dije, compro-

147

bando que ni siquiera los animales habían agregado comentario alguno y que ahí seguían tristes y desconcertados por primera vez desde que los conocí. Pobres, debían estarse preguntando cuáles se iban a quedar con Genoveva y cuáles con Sebastián, en la repartición de premios. Ni chistaban, los animales.

Pero la noche no había acabado, todavía, qué va, recién empezaba, creo yo. O sea que seguía demorándome en la cocina, intentando encender una radio que sabía no encendía, buscando unos hielos que llevaban horas derretidos, y hasta mirando la puerta por donde se había ido Eusebia, que, lo sabía también, con suerte regresaría recién mañana. Le agregué mucho más whisky a mi vaso, apenas iluminado por una vela marchita, cuando se me ocurrió pensar cómo demonios se las arreglarían mis amigos para llegar hasta Colán, primero, y para sacar a cuatro personas, cuatro animales, y unos cuatrocientos kilos de equipaje, después. Sentí luego como un remezón cuando pensé que tendría que explicarles un millón de cosas durante la operación rescate, y que de ese millón de cosas lo de Eusebia y yo, más lo de Genoveva y yo, ya no, iba a ser un millón de veces más complicado de explicar que todo lo demás. O sea algo prácticamente imposible. Son capaces de volverse a ir, si los mezclo en este enredo. La solución, Felipe Carrillo, es que te limites a la única explicación que te provoca dar, o sea la de Eusebia. Y que limites el número de sobrevivientes rescatados, o sea que elimines a Genoveva, porque es la única manera de eliminar al monstruo, que además merece ser eliminado, y que es también la única manera de eliminar perro, gato, mono, lora, y cuatro quintas partes del equipaje, por lo menos. Tú te llevas las sábanas, porque te comprometiste a traerlas y llevarlas, y todo lo demás lo dejas, sobrevivientes incluidos, para cuando llegue la operación rescate del ejército. Y sobre Eusebia, Felipe, no explicas nada. Y si se quedan con la boca abierta se las cierras o, a lo más, les presentas a Eusebia como tu novia, desde hace poco, para no mentir en nada, y agregas que te la piensas llevar muy pronto a la tierra del silvuplé para arriba y el silvuplé para abajo, porque también eso es verdad, Felipe Carrillo, y para que te entienda Eusebia, además, porque también esto es verdad y tremendo problema, Felipe Carrillo. No. No podía abandonar a Genoveva. ¿Qué hacer, entonces? No abandonar a Genoveva. ¿Cómo hacer, entonces? No sé cómo hacer, entonces. Pero, definitivamente, no abandonar a Genoveva, aunque eso a Madrid le cueste el retorno del Monstruo de Colán. No, definitivamente, a Genoveva yo no la puedo abandonar jamás.

Salí de la cocina con otro whisky que era ya el cuarto o el quinto, no recuerdo, y entré a la sala, pasando previamente por el comedor. Y ahora sí que me acuerdo de todo perfectamente bien. Me acuerdo, por ejemplo, de que a Genoveva le quedaban muy bien las faldas muy cortas, casi mini, aunque ya no se usaran, porque tenía muy bonitas piernas. Me acuerdo muy bien que, desgraciadamente, las piernas bonitas de Genoveva eran largas pero que Genoveva lo cagaba todo despalancándolas de tal manera que, con la falda casi mini, todo se le abría con las piernas y a menudo se veía cosas blancas tipo slip por ahí con pésimos modales sobre todo en las fotos como esa que vi en un diario madrileño en que estaba tan vulgar y despatarrada, con lo fina y linda que era, que el asunto ya parecía maldad de fotógrafo agachado. Bueno, a pesar de esta foto, mis recuerdos siguen siendo perfectos, regresan al presente hoy ya histórico de Colán en el 83 y se encuentran con que Genoveva se ha medio tumbado a mirar la luna y muy probablemente está haciendo las paces con Miplatanito, porque éste no mira la luna sino que parece la maldad de un fotógrafo agachado que no sé qué es lo que está tratando de fotografiar entre todo ese despatarro mini con la luna la luna la

149

luna... Hasta algunas estrellas creo que llegaron a ver antes de que yo gritara, derramando whisky y todo:

–¡Sí, definitivamente, a Genoveva sí la puedo abandonar! ¡A Genoveva la abandono definitivamente, sí! ¡Y me cago en las sábanas también!

Tardaron un buen momento en volver en sí, y sólo cuando les expliqué en qué consistía lo del abandono de-fi-ni-ti-va-men-te, ¡sólo con Eusebia!, ¡sólo con mi Euse!, y ¡solos al fin!, se arrojaron a mis pies a probarme que el asunto no había pasado de un juego, que no había pasado de la parte superior central de un muslo y cosas por el estilo, como si se tratara de milímetros más y milímetros menos, a estas alturas del partido y de la noche y de mi quinto whisky, que ahora sí recuerdo perfectamente bien que era el quinto y no el cuarto, porque el que me serví al llegar al dormitorio de Eusebia fue el sexto, ya que pertenece a la parte atroz de la noche en que, de-fi-ni-ti-va-men-te, decidí que todo ese equipaje de monstruos se lo dejaba al ejército, en vista de que no había policía en esta zona de las operaciones rescate, porque entonces, además, ¡los denuncio a la policía de-fi-ni-ti-va-men-te, carajo!

Dormí, claro, porque me metí íntegra la botella de whisky, pero en cambio desperté con un dolor de cabeza espantoso y una especie como de zumbido que se me acercaba y se me alejaba sin que yo me moviera siquiera. Diablos, qué perseguidora. Era además la primera perseguidora con ruido de hélices de avión perdido, porque se iba y volvía cada diez minutos, más o menos, hasta que salí a buscar seis alka seltzers y el ruido aumentó al acercarse y luego aumentó al alejarse también y eso simplemente no podía ser pero sí que pudo ser porque en el preciso instante en que me disponía a atravesar la laguna que había sido jardín, se abrió la puerta del cielo que daba a la laguna.

–¡Euse! –grité, pero ahí nomás me contuve por la punzadota que me atravesó el cráneo.

–¡Mira arriba, Flaquito!

Casi me caigo a la laguna por andar mirando al cielo como un tonto y en ese estado.

–¿Qué, mi amor, nunca has visto un helicóptero?

–¡Son tus amigos, Flaquito! ¡Hemos llegado al mismo tiempo! ¡No me digas tú que eso no es lo que se dice una tamaña *cocidecia*, Flaco de mi alma!

–Se dice co-in-ci-den-cia, Negra de mi alma. Por favor, no te olvides que ésta es gente de de de... de camas caras, mi Euse.

–Salúdalos, tontonazo.

–¿Les has dicho cuántos somos?

–Sólo les mandé decir que tú los mandabas buscar. El resto te toca decidirlo a ti y si quieres me quedo yo.

Fueron las santas palabras y, a Jeanine y Pipipo, que tenían hasta un suntuoso helicóptero, les señalé a la mulata suntuosa que tenía a mi lado y les dije que éramos sólo dos, con dos dedos, y que Eusebia era mi novia, con tremendo beso a mi morocha. Corrí a hacer maletas, mientras ellos se acercaban lo más que podían a la laguna que fue jardín, pero Euse me probó que corría mejor que yo, que hacía equipajes mejor que yo, que no despertaba a los dormidos mejor que yo, y que hasta doblaba las sábanas de hilo que había disponibles mejor que yo y sin que me diera cuenta, siquiera. En fin, lo hizo todo en un instante, regresamos a la laguna, que era el lugar más seco que quedaba en los alrededores, y hasta ahí llegó la corta escalera de soga que nos hizo abandonar Colán entre gritos de animales y el silencio total de Genoveva y su monstruo, que, seguro, a pesar de todo, habían terminado pegándose tremenda nochaza de luna juntos y mini, lo cual sin duda alguna sirvió para que él ya no se fuera a Bilbao con su papá en mudanza barata, según pude comprobar tiempo después, cuando llegué a devolver las sábanas. Porque resulta que sobrevivieron, los muy endemoniados.

CAPÍTULO XII

El mar enloqueció en las costas de Tumbes y Piura, aquel mes de febrero del 83, pero no sé, yo como que prefería no enterarme de nada, no darme por enterado de los horrores que estaban ocurriendo en grandes zonas del territorio peruano. Prefería ignorar que los brazos del Fenómeno del Niño habían alcanzado una longitud de más de tres mil kilómetros, causando grandes estragos hasta en los lejanos y sureños departamentos de Tacna y Puno. El diario *El Comercio*, que nos llegaba a la hacienda Montenegro con algún retraso, publicó con grandes titulares y fotografías una noticia que me hizo realmente temer por la vida de Genoveva y su hijo. El día 16 de febrero había encallado en la Caleta La Cruz, Tumbes, un barco de la Marina peruana. Una tremenda marejada sacó hasta la misma playa al *BAP Paita*, que navegaba al mando de un capitán de fragata y llevaba víveres para los damnificados de toda la zona. Algo se pudo salvar, mediante lonas amarradas a la borda del barco, o mediante camiones que, cuando el mar lo permitía, se acercaban por la playa hasta el costado mismo de la nave. Pero en Colán, según me contó un día Eusebia, ya no quedaba ni playa. Décadas atrás, la playa de Colán había sido ganada al mar, y ahora el mar, con enormes y furibundas olas, acababa de recuperar lo que desde siempre le había pertenecido.

Pero yo prefería no darme por enterado de nada y había hecho de la hacienda Montenegro, allá en Querecotillo, un lugar, o, mejor dicho, *el* lugar en el que nunca pasaba nada, para mi entera satisfacción y conveniencia. Lo malo, claro, era no poder evitar que, con el paso de los días, Montenegro se convirtiera también en el lugar en el que nunca pasaría nada tampoco. Y ello a pesar de todo lo que ya nos había sucedido, nos estaba sucediendo, y nos iba a suceder todavía a Eusebia y a mí. Porque mi Negra y su Felipe Sin se habían dedicado, en cuerpo y alma, a dejar que pasara el tiempo, también en cuerpo y alma, para que de esta manera muchísimas cosas más hubiesen ocurrido y les hubiesen ocurrido antes de aquel día maldito en que la hacienda Montenegro quedara convertida para siempre en el lugar maravilloso en que todo aquello pasó y, al mismo tiempo, en el símbolo triste y detestable de que entre ellos no había ni habría pasado nunca nada más, por más cuerpo y alma que le metieran al asunto. Pero también, y cómo negarlo si lo estaban sintiendo, viviendo sin confesarlo, gozando y sufriendo en cuerpo y alma, sí, la hacienda Montenegro sería también algún día aquel triste pero maravilloso lugar en el que tantas cosas ocurrieron.

Era muy complicada, pues, la hacienda Montenegro. Complicadísima porque algún día sería el lugar en el que tantas cosas pasaron y el símbolo de todas aquellas cosas que nunca pasaron a más. Dos almas, dos cuerpos, una hacienda, nada más. Pero, también: una muchacha sorprendida por los acontecimientos, un hombre sorprendido por los mismos acontecimientos, pero de otra manera, y una hacienda en la que tuvieron lugar los sorprendentes acontecimientos. Más dos amigos, Pipipo y Jeanine, tan sorprendidos como sorprendentes. ¿Nada más? Mucho más. Todo esto, por ejemplo: Eusebia Lozanos Pinto, mulata y empleada doméstica, cuando había empleo, inteligente, alegre, de finísimos sentimientos y grandes dificultades para ex-

153

presarlos con finura, más un gran olfato para todo lo concerniente al arquitecto Felipe Carrillo y su circunstancia, que por ahora, sólo por ahora, se limitaba a la hacienda Montenegro y a sus propietarios. Y Felipe Carrillo, arquitecto, alegre y tristón, al mismo tiempo, exitoso, bastante sensible y abierto, pero sobre todo muy intelectual: tanto, que pensaba que los intelectuales no deben meter sus narices en asuntos prácticos o pensar en los grandes cambios de la sociedad, porque luego son los primeros en criticarlos y en dar marcha atrás cuando las cosas empiezan a cambiar.

Sí, todo esto y mucho, muchísimo más. Porque pasando ya a la primera persona que, en este caso, somos tanto Eusebia como yo, resulta indispensable que les cuente una serie de cosas que fueron ocurriendo día a día, o, mejor dicho, en el día a día que íbamos viviendo mi Negra y yo. Sólo así se podrá entender la cantidad de matices que hay en el paraíso con billete de regreso a París para una sola persona. Siempre amanecíamos bien, por ejemplo. Amanecer, en realidad, era un asunto realmente bello, alegre, y sencillo, por la simple y sencilla razón de que ella amanecía otra vez entre mis brazos y también yo amanecía otra vez entre los suyos y los dos nos queríamos decir no sé qué cosas. Y, de hecho, nos las decíamos, aunque lo malo era que ni ella captaba nada de lo que yo le quería decir ni yo le entendía a ella ni papa tampoco. Pero por la mañana y recién despiertitos y completamente abrazados desde anoche, como que no se oye muy bien lo que el otro anda diciendo y a los dos nos encantaba el café bien negro y caliente pero nos daba tanta pero tanta pena desabrazarnos que era lindo y riquísimo, además, no saber si íbamos a empezar el día abrazados como cuando por fin nos dormimos anoche, en cuyo caso para qué desabrazarnos, Flaco, sigamos roncando.

A lo cual le respondía yo: Sigamos soñando, Negra, como quien corrige a su negra, para ver si de una vez entendía que la vida es sueño desde que amanece. Pero ya les he contado que mi Euse nació con las patitas en el suelo, que así las mantuvo cuando calzó para adultos, y que sus razones debía tener para preferir el roncar al soñar, porque una mañana en que me puse un poquito pesado con eso de que los sueños sueños son, ella como que cortó por lo sano y me respondió, con su habitual verbigracia:

—Flaco, déjame a mí con mis ronquidos, ¿ya? Y tú, si quieres, quédate con tus *soñidos*.

Y se desabrazó y se fue sin decir ni pío, y yo me pegué un susto de la patada, se me fue mi Negra, pero al instante volvió con el café bien negro y caliente y como avergonzada de haberse ido así, yéndose nomás, sin decir ni pío y dejándome completamente desabrazado. Me pidió perdón y todo, y me juró por Dios que mañana amaneceríamos muchísimo mejor. Y así fue. Amanecimos muchísimo mejor al día siguiente porque tardamos horas y horas en desabrazarnos y sobre todo por la manera en que comentamos alegres lo de la mañana anterior, diciendo los dos no sé qué cosas pero llegando también los dos a la muy sana conclusión de que el día anterior no se había producido entre nosotros ningún cambio de palabras, ni nada así de feo, porque cada uno se quedó con su manera de matar moscas, que, en este caso, era su manera de seguir durmiendo, ya que ella estaba *todamente* de acuerdo en que yo siguiera soñando, pero *siempre y cuando es así*, Flaquito, tú, a mí, me dejes seguir roncando.

Roncar era, por consiguiente, soñar con los pies en el suelo y pateando latas por la vida. Y la vida se había detenido ahora en la hacienda Montenegro, en la hacienda Montenegro con mi negra, como decía yo a cada rato, bromeando y sonriente, porque había que estar alegres, y porque en el fondo todo era tan triste. Nunca me había sentido tan lejos de tantas cosas al mismo tiempo. Lejana, lejanísima, me parecía tan rápido mi fracasada relación con Genoveva. La

155

suerte que hubiera corrido con su hijo había dejado de preocuparme por completo, casi de un día para otro. Sólo Eusebia los mencionaba a veces, pero a mí me parecía que me estaba hablando de algo que le había ocurrido a otro Felipe Carrillo, una simple coincidencia de nombres y circunstancias. Madrid ya no era una ciudad en la que yo había estado dispuesto a vivir. Y París, sí, París, era una ciudad muy bella en la cual yo había pasado varios años de mi vida, tiempo atrás, un buen tiempo atrás. ¿Mi departamento? Mi departamento de la rue Vavin era eso: ¿*Mi* departamento? Todas estas cosas se las explicaba a Eusebia y ella me escuchaba sonriente, entendiendo mucho más de lo que yo creía, entendiéndolo todo en este caso, desgraciadamente. Y entonces, aunque yo repitiera mil veces que estaba en la hacienda Montenegro con mi negra, y mil veces los dos sonriéramos juntos, el eco de nuestras realidades tan distintas nos respondía con los pies en el suelo, pateando latas mil veces, que no había nada más lejano en nuestras vidas que la hacienda Montenegro. Quedaba mucho más lejos que lo de Genoveva, que lo de Madrid y París, que la propia Liliane. La hacienda Montenegro se hallaba completamente fuera de nuestro alcance, y, lo que es peor, lo nuestro en la hacienda Montenegro, visto con los pies bien en el suelo y pateando millones de latas, simple y llanamente no existía. Y aún recuerdo aquella mañana, el instante de aquella mañana en que me di cuenta de que los ojos de Eusebia eran el eco de todo lo que yo soñaba.

Pero ella me dejó soñar hasta mi partida y ahora sé que han quedado muchos retazos de aquel sueño en mi persona. Soy, bastante, aquel gran sueño con el que nunca sabré qué hacer. Y, muy a menudo, cuando pongo el tocadiscos de los pros y, al mismo tiempo, el de los contras, logro pasar un rato alegre conmigo mismo, con ese sueño que soy bastante. Por eso tal vez nunca he podido escribirle a Eusebia. Y qué duda cabe, también por eso ella jamás en la vida me escribiría a mí. Y es que la parte más increíble del sueño empezó cuando los dos abrimos bien los ojos y nos dimos cuenta de que ahí nadie se estaba tirando a nadie ni nadie se estaba metiendo a la cama con nadie tampoco. Estábamos haciendo el amor, una noche, y de pronto nos dimos cuenta de lo mucho que habíamos sospechado el uno del otro. Ninguno de los dos logró reírse de eso. No supimos hacerlo. Tal vez fue el miedo que nos dio, pero nunca aprendimos a reírnos de eso. Y desde entonces hicimos el amor muchas veces, muchas noches, pero siempre preferimos el amanecer. Tal vez porque de día se ve mejor el paso del tiempo que todo lo mata, o se le tiene menos miedo a las sospechas que se tuvo una noche. Sí, tal vez. Ya les he contado de nuestros amaneceres. Siempre abrazados desde la noche anterior y diciéndonos no sé qué cosas, pero atreviéndonos finalmente a desabrazarnos como quien acepta la soledad en que lo ha dejado el amor nacido entre un gran alboroto, graves sospechas, y ese eco de pies en el suelo que desmentía esta broma: en la hacienda Montenegro con mi negra.

Nada, sin embargo, logró desmentir aquel amor que Pipipo y la Gringa tanto respetaron. Pero a mí un día se me ocurrió pensar que la única y verdadera razón de tanto respeto era mi billete de regreso a París, vía Madrid. No bien me fuera yo, desaparecería Eusebia, y en la hacienda Montenegro no habría pasado absolutamente nada. ¿Acaso no había sido yo siempre el excéntrico, el loco querido del colegio tan gratamente recordado? Después, había sorprendido a mis amigos con mis éxitos como arquitecto, pero en el fondo seguía siendo el mismo tipo capaz de cualquier locura. Y para muestra un botón: nadie sabe nada de Felipe durante años y, de pronto, se nos aparece besando a una mulata, nada menos que a su propia cocinera, en medio de una verdadera laguna, y en pleno Fenómeno del Niño. Genio y figura hasta la sepultura, debieron pensar la Gringa y Pipipo cuando nos rescataron con su helicóptero. Más la carcajada que soltaron al día siguiente, cuando les conté mi viaje hasta Colán, desde Madrid, en busca de algo tan imposible como la cuadratura de un triángulo *à trois*, del cual sólo debían quedar dos pero sin excluir a nadie, tampoco. Se revolcaban de risa y exclamaban ¡no puede ser!, ¡no puede ser, Felipe!, pero Eusebia les probaba que todo aquello sí había ocurrido, sí, *testamento*... Textualmente, añadía yo, aunque sin corregir nada, y dejándoselo todo al arbitraje supremo del tiempo, al paso de los pocos y ridículos días que faltaban aún para mi regreso a París, vía Madrid.

Claro que cancelé la escala en Madrid y postergué también mi regreso a París y a mi trabajo. Hasta tres veces lo postergué todo, pero en el fondo lo único que logré fue que los dueños de casa postergaran también su respeto por ese amor, alargándolo y sincronizándolo con las fechas de mi partida, a medida que éstas iban cambiando. ¿Qué más podían hacer los pobres? El asunto estaba entre mis manos y, por más que yo tratara de arrojárselo a ellos, siempre rebotaría, siempre volvería a estar entre mis manos.

O sea, pues, que decidí tomar el asunto realmente entre mis manos, asumir todas las consecuencias, decidirlo todo yo, y postergué mi partida por cuarta vez. Nadie ahí me dijo ni pío. Ni siquiera la pobre Eusebia. Sólo un espejo me mandó a la mierda por cobarde e hipócrita, mientras me afeitaba una mañana más y decidía postergar el regreso por quinta vez. Bueno, me dije, sólo me quedan dos soluciones: la primera, que el tiempo retroceda, que todo vuelva a ocurrir desde el principio, que Eusebia y yo nos arrojemos nuevamente a los brazos uno del otro, allá en Colán, y que la Gringa y Pipipo nos rescaten de nuevo. Sería perfecto, por supuesto, ya que mejor solución no pudimos encontrar entonces y fue tan lindo cuando sucedió y todo fue tan perfecto aquí los primeros días... El espejo me volvió a mandar a la mierda, por cobarde, hipócrita, y soñador, con lo cual ya no me quedó más escapatoria y, temblando de miedo, le pedí que me dictara la segunda solución. Bueno, la verdad es que me la había imaginado. Comprar un segundo billete y partir con Eusebia a París. Y para siempre. O mientras dure. El espejo me sonrió, por fin. Parece que le encantó que yo hubiese pensado: Ojalá dure toda la vida. Me fui, pues, a París con Eusebia, esa misma mañana, y ahí delante del espejo. Tres meses después de nuestra llegada, yo había perdido cuatro amigos, siete se habían alejado, y a cada rato algún conocido se me hacía el loco por la calle. En realidad, la única persona que me recibió con silenciosa alegría, que nunca protestó ni nada, fue mi pobre Liliane de oro y ultratumba. La odié por todos los líos en que me había metido, y la acusé de ser la verdadera culpable de que el espejo me estuviera tratando nuevamente de imbécil. Según él, en París había gente de todas las razas y colores, y Eusebia podría pasar totalmente inadvertida. Pues ahí sí que se equivocó el espejo. Se equivocó por completo porque mi verdadera preocupación no era ésa. Cualquiera puede pasar inadvertido en París, y un negro puede ser embajador de una república africana, por ejemplo, lo cual no era el caso de Eusebia; o puede ser estudiante, lo cual tampoco era el caso de Eusebia; o puede ser funcionario, lo cual tampoco era el caso de Eusebia, ni podría serlo, y menos en francés; o puede trabajar en el metro, lo cual no me daba la gana, por nada del mundo, que fuera el caso de Eusebia... Claro que podría invertir un dinerito, abrir, por ejemplo, un restaurant peruano; Eusebia cocinaría, o dirigiría la cocina, o algo por el estilo. Me pareció una gran idea, la única posibilidad, tal vez, y me puse sentimental y todo, pero tanta alharaca sólo me sirvió para darme cuenta, como nunca hasta entonces, de mi verdadera y única preocupación: ni París, ni mucho menos yo, en París, pasaríamos inadvertidos para Eusebia en París.

Bueno, pero siempre quedaba una tercera solución,

algo así como una tercera vía. Sí, claro, me dije: regresar yo al Perú. Bah, eso era soñar, y Eusebia prefería roncar. Inútil insistir. Ya se lo había ofrecido antes y la negra por poco me pide trabajo. Después de todo, se iba a quedar en la calle, no bien me fuera yo. Pero, en fin, ya habíamos hecho el amor sin sospechas y la negra no quiso herirme ni ofenderme ni nada. En cambio se hirió y se ofendió ella sola cuando, con grandes dificultades y mucha verbigracia, me hizo sentir en el alma que, de regresar yo al Perú, la hacienda Montenegro sí que existiría, y que estaría muy a nuestro alcance así de grandazazaza como era. Más o menos del tamaño de *tu* Perú, Flaco... *Mi Perú* es un vals muy antiguo y lindo, pero comprenderán ustedes: no era ése el mejor momento para entonarlo y a ninguno de los dos se le ocurrió meter la pata de tal manera.

Postergué mi viaje por sexta vez, con permiso de todo el mundo, espejo incluido. Mi Euse y yo teníamos que seguir diciéndonos no sé qué cosas, amanecer, mañana, tarde y noche, y hasta teníamos que entendernos, si es posible, porque yo no me podía ir así nomás, ya que entonces no iba a regresar así nomás, tampoco. Y esto por la sencilla razón de que son poquísimos los que regresan así nomás, después de haberse largado así nomás, también. Verán, pues, que estaba siendo profundamente sincero conmigo mismo. Y hasta valiente no paraba, porque la verdad es que las cosas como que empezaban a deteriorarse un poquito en el día a día de la hacienda Montenegro, y yo quería sacar de ahí a Eusebia, sobre todo porque se me había puesto más terca que una mula con eso de que ni ropa le podía comprar, y si no les gusto a tus amigos como soy, me largo, Flaco, ya tú sabes muy bien cómo soy yo: Mejor decir aquí huyó que aquí murió.

O sea que ya casi ni salíamos del dormitoriote y de la camota. Ahí amanecíamos y hasta nos volvíamos a acostar sin haber visto más luz del día que la de nuestra propia habitación. De nada culpo a nadie, por algunas cosas que hizo y no debió hacer Eusebia. Fueron cosas de esas que se hacen porque no se saben hacer de otra manera –algo así como lo de sus palabrotas pero elevado al cubo, digamos– y que vistas con un poco de humor hasta podrían hacernos reír a todos. Empleando un término literario, diría aun que fueron cosas del costumbrismo. Pero, en fin, fueron detalles y hechos que no estoy dispuesto a contar, porque recordándolo todo ahora y extrañando a Eusebia como la extraño ahorita, los húmeros a la mala se me han puesto también a mí, Vallejo, y aquí en París, además, y entre mis tocadiscos pro y contra, además de todo, don César, para que vea usted. O sea que en este instante acabo de decidir que al pueblo no se le explota ni en un libro, y de ahora en adelante no pienso sacarle más partido al personaje de Eusebia, porque eso sería en realidad sacarle el alma, ya ni siquiera sacarle el jugo sino sacarle la mugre.

Y qué duda cabe, por otra parte, de que para explotar más a Eusebia, lo primero que tendría que hacer es explotarme muchísimo más a mí mismo, como persona y como personaje. Como un pobre diablo, en resumidas cuentas, o sea algo que tampoco puedo hacer por la simple y sencilla razón de que Eusebia no me lo perdonaría jamás en la vida, ni aun escrito así en un libro me lo perdonaría mi negra, y todo ello teniendo en cuenta que sus lecturas se limitan a la radio y la televisión. Si la muy condenada no me dejaba ni siquiera llorar, con eso de que los cienporciento y los cartacabales nunca lloran, ni en Jalisco ni en ninguna parte, Flaquito, o sea que para ya de lloriquear, por favor, llorar es cosa de mujeres, Flaco de mi alma. Y todo esto me lo decía llorando magdalénicamente porque ni ella podía irse a París ni yo regresar al Perú que era ella, porque hay que dejar las cosas del tamaño tan grande que ya tienen, Felipe, y que nos quiten lo baila'o, para gusto ya está bueno ya, Flaquito querido de mi alma, y en París ni hígado debe de haber pa' que yo te prepa-

161

re tus encebolla'os, de qué te voy a servir yo entonces pues. Y lloraba envidiablemente la condenada, cómo lloraba a mares la muy suertuda, mientras que a mí con eso de que así se quiere en Jalisco, bien ciemporciento y a golpes y hasta a balazos, si lo manda la ocasión, a mí ni siquiera me dejaba deshacerme del espantoso nudo que a cada rato me estrangulaba garganta y corazón. Definitivamente, si las mujeres nos hubieran dejado llorar, al menos en los libros, el mundo no habría sido ni será una porquería, en el 506 y en el año dos mil. Culpa de las mujeres, sí. Y por eso Eusebia nunca me dejó estallar en lágrimas, ni yo supe tampoco cómo imponerme ni imponerle mis propias condiciones sollozantes y acuosas, ni logré nunca, por consiguiente, aumentar los mares con mi llanto de Jorge Magdalena Negrete. Para qué, pues, venir ahora con la hombrada de explotar mi personaje al máximo. No sería cosa de hombres, la verdad.

O sea que fue una despedida de lo más seca, de lo más sin lágrimas que darse pueda. Amanecimos, simplemente, otra vez entre nuestros brazos, y por última vez quisimos decirnos no sé qué cosas, aunque claro, ya no era necesario, todo estaba dicho y bien clarito en mi billete de avión. Volaba a Lima, esa noche, y dos días más tarde seguía rumbo a París. En el dormitorio había un ambiente que se debatía entre un ¡qué disparate!, un ¡qué desperdicio!, y un que nos quiten lo bailado. Eusebia me hizo las maletas, y las sábanas de Genoveva, que habían permanecido ocultas y silenciosas en una cómoda, nos obligaron a sonreír y a hacer el amor sin sonrisa alguna. La Gringa y Pipipo ya se habían despedido la noche anterior. Cortesía, abrazos, sonrisas, amistad. Agradecimiento y buena educación de Eusebia, con la mirada en el suelo, por supuesto. Ya les había dicho que iba a almorzar con ella, en el pueblo, y como que nos dieron permiso, día libre, autorización para pasar esas últimas horas solos. Por la tarde, un chofer de la hacienda me llevaría hasta el aeropuerto de Piura.

Nos bañamos por última vez en la piscina y Eusebia me regaló la flor de arrojarse desnuda al agua. ¡Negra!, le grité, y ella me respondió ¡Felipe!, desde ahí abajo. No supe muy bien qué hacer con Felipe, la verdad, y me dejé caer sobre una tumbona para que Eusebia saliera del agua, viniese a echarse a mi lado, y ver si de esa manera descubría qué demonios había que hacer con Felipe. Lo que descubrí, al fin de cuentas, es que ya no quedaban Negra ni Felipe, ni Euse ni Flaco, quedaba bien poco de todo aquello, casi nada: dos almas, dos cuerpos, una hacienda, nada más por el momento. Y nuestras manos sólo se unieron cuando lo recordamos todo con desesperación y sin una sola palabra. Juegos de manos son de villanos, Euse, le dije, al cabo de un momento. Guá, me respondió ella. Después nadamos un rato, pésimo, los dos, y eso habría sido gracioso, pero se arrancó una lluvia implacable que nos obligó a salir corriendo de la piscina y a cubrirnos con las toallas hasta casi no vernos. Poco o nada quedaba ya de la Eusebia neorrealista y cinematográfica. Dos almas, dos cuerpos, nada más. El dormitoriote nos acogió por última vez. La camota todavía estaba hecha y Eusebia me invitó a sus brazos y sus muslos, también por última vez, con algo de rabia, aparatosamente, casi, con mucho de fiera, suntuosamente. Pero me imagino que no logré explotar a fondo al personaje que a ella tanto le había gustado amar y complacer. O sea que la última vez resultó haber sido la anterior. O el 506, o qué sé yo.

Me sentía de trapo cuando entramos a la tienda de doña Etelvina, la amiga que Eusebia tenía en Querecotillo. Allí estaba esa chola vieja, inmóvil detrás del mostrador, y nos acercamos a saludarla ante la mirada heredera de seis o siete hombres que se iban a quedar en el Perú. Hombres para después de mi partida, pensé, mientras tomábamos unas cervezas medio tibias en unos vasos bastante sucios. Se seguía hablando de ríos desbordados, del mar loco, del Niño de mierda ese. Pensé que en Lima, en las oficinas de Iberia, me enteraría de cómo y cuándo lograron partir Genoveva y Sebastián. Algún día les llevaría sus benditas sábanas y, si se me ponían odiosos, les contaría que en ellas habíamos dormido, nos habíamos amado Eusebia y yo. También se las podía mandar por correo desde París, claro, pero la verdad es que de pronto sentí la necesidad de encontrarme con ese par de monstruos de nuevo. Sería casi como verlos por primera vez, desde el otro lado de una absurda y ridícula historia. Sí, en el fondo me daba bastante curiosidad saber cómo serían ya para siempre, vistos por fin de lejos, desde una perspectiva totalmente nueva y que en nada me podía afectar ya. Así transcurrió el último aperitivo que tomé con Eusebia. Cerveza tibiona y vasos gruesos y chuscos, bastante suciotes. Nos quedaba aún el almuerzo donde el chino Juan, calle arriba, ya casi entre chozas. Entramos, y de frente escogimos una mesa en un rincón caliente y oscuro. A gritos se notaba que nos habíamos quedado totalmente despalabrados.

O sea que decidí tomar la alegre iniciativa con palabras de memoria, casi de mentira. Eusebia pidió sus platos con autoridad, como quien ha aprendido en la hacienda Montenegro, pero después se arrancó a limpiar los cubiertos con la servilleta de papel, como quien no ha aprendido nada en la hacienda Montenegro. La acompañé en el ritual, porque la verdad es que en estos comedores nada suele estar muy limpio, y ni qué decir de las moscas. Un burro nos miraba desde la calle, un gato de mierda nos observaba desde el mostrador, y un par de pollitos correteaban felices y amarillos por el suelo de tierra. Y se había puesto a llover de nuevo, a cántaros. Bueno, pero tenía que tomar la alegre iniciativa con palabras de memoria y casi de mentira, para lo cual no encontré nada mejor que pedirle una dirección a Eusebia. Ya tenía una foto de ella, guapísima y en plena hacienda Montenegro, pero me faltaba una dirección que fuera también suya. Porque yo tenía que volver, yo iba a volver, yo podía volver a visitarla, claro (por fin me salió algo que no fuera purita mentira), y me encantaría saber dónde ubicarla. Y es que a esta gente hay que ubicarla, en realidad. Esta gente como que nunca tiene casa, salvo la casa en que está trabajando, pero ésta suele variar por muchas razones y por ello es preferible y hasta conveniente que le dé a uno la dirección de su padre, de un hermano, de una tía, o de su madrina, por ejemplo. Eusebia me dijo que, a través de doña Etelvina, siempre la podría ubicar. Doña Etelvina era ya requetevieja, pero la verdad es que no me atreví a preguntar: ¿Y qué pasa si se nos muere tu amiga, Euse? Simplemente anoté una dirección bastante incompleta, en cuanto tal, pero parece que ésa es la única manera de que le llegue una carta o una encomienda a esta gente. Que, por lo demás, casi siempre recibe encomiendas y casi nunca recibe cartas. Después, nuevamente en busca de una alegre iniciativa, tarareé a Armando Manzanero:

> Esta tarde vi llover,
> vi gente correr,
> y no estabas tú...

Pero llovía a cántaros y nadie corría y a Eusebia la tenía sentada a mi lado. Decidí irme un rato al baño, porque al menos eso era verdad, pero el chino Juan me detuvo y me dijo no, no señor, en este establecimiento no tenemos baño, señor. Me lo dijo con estilo oriental, felicidad a prueba de balas, y amplísima sonrisa de diente único roedor. O sea que regresé donde Eusebia con mi meada y todo lo demás a cuestas, Manzanero incluido.

Mi próxima alegre iniciativa fue pedir una botella de pisco (del más barato, por favor, don Juan), y brindar por Eusebia. Y ella brindó por mí, con estilacho y todo. Y así sucesivamente brindamos: por ti, Euse, por ti, Felipe, por ti, Negra, por ti, Flaco. Y por Colán, Euse, y por Colán, Flaco, y por Querecotillo, Negra, y por Querecotillo, Flaco, y por Montenegro con mi negra, Negra, y por Montenegro con tu negra, Felipe. Y por nuestra camota, Negra, y por nuestra camota, Felipe, y por la dirección de doña Etelvina que me has dado, Negra, y por la dirección de doña Etelvina que te he dado, Flaco... La verdad, ésta fue la parte que mejor me salió.

Pero se acabó la botella de pisco porque mi negra me había acompañado duro y parejo y hasta seco y volteado. Y entonces ya todo se había acabado, todo menos los ojos negros y tan grandes de Eusebia, que nunca se acaban, y su pelo mojado y ensortijado que tampoco se acaba nunca, y los senos de Eusebia tropezándose para siempre con la tela de su blusa, maldiciendo, malcriados, empujando el mundo hacia afuera, y los brazos de nuestros abrazos con la cicatrizota de la vacuna, y esos labios que de pronto me hicieron bajar la mirada mientras ella recogía mi cabeza cada vez más refugiada entre unas manos que ya sólo me servían para eso. El chino Juan encendió la radio en el local vacío y yo recordé una frase de algún libro («la música fue inventada para confirmar nuestra soledad»), y traté de que Eusebia la entendiera, a ver si de una vez por todas me entendía a mí menos que nunca. O sea que estuve ahí un ratito queriéndole decir no sé qué cosas. Por última vez, me imagino.

Y en ésas andaba cuando apareció el chofer de la hacienda Montenegro. Los señores lo habían mandado a buscarme, no se le vaya a hacer tarde, don Felipe. Apareció con el equipaje ya en el auto, el tan esperado hijo de la gran pepa, y nuevamente traté de tomar una alegre iniciativa. Pero me paralizó la insolencia por última vez de un cuerpo moreno y realmente magistral, el atrevimiento de unos ojos que miraban a un tipo incapaz de matar una mosca en ese instante, reducido prácticamente a la nada en la puerta de un establecimiento sin baño de Querecotillo.

–Chau, pues, Flaco –me dijo Eusebia, y como que arreó calle abajo, bajo la lluvia a cántaros.

De golpe, recordé que ni siquiera sabía a dónde se iba. Ni siquiera se me había ocurrido preguntarle eso. La llamé, y volteó a mirarme. Volteó apenas.

–¿Adónde te vas, Euse...? ¿Qué piensas hacer?

–Me voy donde la señora Etelvina.

–Pero...

–Donde la señora Etelvina, la de la tienda.

Y me hizo un adiosito con la mano y la sonrisa, como quien ronca con los pies en el suelo y se dispone a patear latas una vez más, me imagino. En cambio yo era aquel imbécil que la miraba desde la puerta de un establecimiento, absolutamente convencido de que la lluvia ni siquiera la estaba mojando. Eusebia caminaba calle abajo. Eusebia caminando calle abajo. No movía tan alegre su tondero –vulgo culo, como decía mi padre–. Eusebia se había ido sin decir ni pío. Eusebia yéndose nomás. Tomé la alegre iniciativa de no correr, de no ponerme a correr tras ella, de no alcanzarla, por lo cual yo también logré irme sin decir ni pío, yéndome nomás. Y hasta hoy maldigo aquellas horas, toda la maldita duración de aquellas últimas horas. Y maldigo el aperitivo donde doña Etelvina, el almuerzo donde el chino Juan, y la despedida sin despedida en la que ni Eusebia ni yo quisimos sacarles el menor partido a nuestros personajes y nos dejamos arrastrar por el pánico mucho más grande que nosotros de quedarnos desabrazados para siempre.

Hoy me pregunto a cada rato cómo me extrañará Eusebia, de qué manera le haré falta. Me pregunto si me extrañará cuando canta, por ejemplo, o cómo será para ella todo este asunto. Me paso horas y horas haciéndome este tipo de preguntas sin respuesta. Y a cada rato me doy cuenta de que lo único que sé hacer bien en esta vida es extrañar.

CAPÍTULO XIII

–Y pensar que todo empezó por culpa de Andrés Zamudio, Felipe Carrillo –me soltó, de pronto, una Genoveva especialmente vestida para la ocasión.

¡Ay chispas!, exclamé, muy para mis adentros y mirando el techo con la misma insistencia con que lo había estado mirando desde mi llegada. Sí, claro, Genoveva, estuve a punto de decirle, por supuesto que todo empezó por culpa de ese cretino, pero lo importante ahora es que los dos aceptemos que todo terminó por culpa de otro cretino llamado nada menos que Sebastián. Y estaba a punto de empezar a soltarle todas estas cosas, aunque suprimiendo la palabra *cretino*, porque había venido en plan de paz absoluta, entrega de sábanas, aquí no ha pasado nada, quedemos tan amigos como antes, y devuélveme el rosario de mi madre, más un poquito de esa malsana curiosidad que me había llevado a tomar un tren de París a Madrid, debido a una huelga de aviones, y nada más que por ver a los dos monstruos ya sin Felipe Carrillo para siempre, que era como verlos con lupa, antropología, y Sigmund Freud.

Estaba al tanto de la forma en que, gracias a un destacamento de la guardia civil, habían sido encontrados medio muertos mientras huían entre aguas empantanadas, carreteras destrozadas, y otros desastres empapados. En realidad, estaba al tanto de las dos versiones de aquella huida. La primera, contada por Genoveva, cuando la llamé desde París para avisarle que pasaría a dejar las famosas sábanas, era la maravillosa historia de cómo fue Sebastián, en realidad, quien escogiendo entre un pelotón de policías peruanos y sus adorados Kong, Sandwich, Lorita y Ramos, más el equipaje, por cierto, optó por sacrificar a los segundos y salvar a esa partida de imbéciles que por salvarlos a ellos, se estaban ahogando en una gota de agua. La segunda versión –desgraciadamente la oficial, también– era la de la Embajada de España en Lima: La señora y su hijo habían abandonado ya casa, animales, y demás pertenencias, cuando los encontraron corriendo totalmente perdidos, gracias a los increíbles aullidos de aquel muchacho. En fin, las dos versiones son perfectamente lógicas y ciertas, según el cristal con que se las mire, y lo único que por un instante me pareció completamente increíble era que en ninguna de las dos se mencionara mi huida. Pero, en fin, también esto resultaba muy lógico y cierto, y ahora sí visto con cualquier cristal, por la simple y sencilla razón de que yo me había escapado con la cocinera. O sea que había un punto en que ambas versiones coincidían en no señalar la presencia de Eusebia en Colán, durante las horribles semanas del Fenómeno del Niño. Y, en cuanto a mí, pues como que nunca había estado en Colán, o como que me había muerto de miedo al primer chaparrón que cayó, en fin, algo así, y para qué averiguarlo ya. Un silencio cómplice podía ayudarnos a todos, la verdad.

Y la verdad, también, es que entre la triste ausencia de los animales, una feliz manifestación ácrata convocada por Sebastián, que ha madurado mucho últimamente, Felipe Carrillo, Genoveva especialmente vestida para la ocasión, hablándome y tratándome como quien dice también especialmente para la ocasión, no me quedó más remedio que bajar definitivamente la mirada del techo, pasando en seguida a una verdadera mezcla de sonrisa y suspiro, a un todo tiempo futuro será mejor, a una súbita toma de conciencia de que Genoveva y yo estábamos sentados en un mismo sofá y a muy corta distancia, a acortar disimuladamente esa distancia, a comprobar que me permitían acortarla hasta sin disimulo, a soltar que sí, que en efecto todo aquello había empezado por culpa del cretino de Andrés Zamudio, y, por último, hasta a olvidar por culpa de qué otro cretino se había terminado todo aquello.

Genoveva me agradeció muchísimo que me hubiera preocupado tanto por sus sábanas, sonrió largo y con invitación a tomar una copa y a quedarme a comer y a..., pero ahí se quedó la condenada, y además se me puso a mirar al techo, que era el lugar que yo había escogido para pasar determinados momentos-sábana. Y éste era uno de ellos, maldita sea, por qué demonios se me iba al techo con la mirada justo cuando yo andaba en estado de total debilidad y como quien sólo escucha contras en los dos tocadiscos de Eusebia, ningún pro, en todo caso, en fin, justo cuando yo a la pobre Eusebia la había sometido a uno de esos atroces momentos, perdón, Negra, que Marcel Proust llama las intermitencias del corazón, y que, dicho sea de paso, pueden durar siglos. Total que me entró una especie de rabia de rabieta y andaba hasta pensando en la dulzura de la venganza y cosas por el estilo, cuando Genoveva bajó por fin la mirada de mi techo y me volvió a sonreír largo con invitación a copa y comida y también, nuevamente, a y a. Se lo acepté todo, con mi mejor sonrisa y/a, pero la verdad es que mi estado de sonrisa, suspiro, y una copa más, como que empezó a hartarse de que Genoveva anduviese tan especialmente vestida para la ocasión y de pronto me encontré metido en una especie de la ocasión la pintan calva que sólo se me aclaró del todo cuando Paquita, la Eusebia española, hizo su entrada con el whisky, el hielo, y el agua. Casi me mata, la verdad.

La saludé con la voz más temblorosa, cobarde y marico-

170

na que hay en la tierra. Y hasta quise abrazarla, rogándole que me perdonara, sonriéndole para siempre, y diciéndole no sé qué cosas, pero la muy bruta como que se limitó a saludar a don Felipe Carrillo, sin desearle la bienvenida a Madrid, siquiera, y todo con excelentes modales, además, pero modales de empleada doméstica que está para eso, ahí, pa' servir al patrón, o sea que ni con el agua para el cuarto whisky que le pedí, sentí que deseaba fugarme con ella ni que quería nuevamente cagarme en la noticia de abandonar a Genoveva y Bastianito Ito mientras dormían, porque tampoco ella sentía deseo alguno de fugarse con ese señor, hubiera tenido que raptármela o algo así, la verdad, pero qué flojera, qué horror, y qué me hago después con ella, y quién nos sirve después la comida, y quién... En fin, lo que sentí, en realidad, es que no sentía absolutamente nada. Que ni sentía ni lo sentía ni nada.

Puede uno odiarse, eso sí, pero la ocasión la pintan calva. Y ahora sí sabía bien y para siempre en qué consiste eso. Y sabía también en qué consistía eso en aquel preciso momento y que tenía que largarme de ahí cuanto antes. Había que recordar una invitación a comer que uno había olvidado por completo, había que echarle la culpa de ese olvido a lo agradable de la situación, a esas copas de sonrisas largas e invitaciones que se ramificaban por los senderos de un jardín lleno de Genovevas especialmente vestidas para una ocasión calva, había que terminar el cuarto whisky con serenidad y decir estupideces como, por ejemplo, ojalá que las sábanas no se hayan arrugado demasiado en la maleta, había que saber ponerse de pie y besar a Genoveva en la puerta del ascensor y sonreír mientras éste llegaba ahí arriba y uno seguía parado ahí con una maleta vacía, el alma vacía, la sonrisa ya vacía, también, con una cara de imbécil que ni preparada especialmente para la ocasión.

Bueno, y en ésas andaba, preparándome para la ocasión la pintan especialmente calva, cuando la manifestación ácrata, que, acababa de descubrirlo, había tenido lugar esta vez en el dormitorio de Sebastián, terminó violentamente. El tiple y sus cien kilos no aguantaron tanta hambre, tanto silencio, tanto que estarán haciendo mamá y el cretino ese en la sala, y tras cuatro rotundos golpes en la pared, apareció furibundo y resulta que nos descubrió en la posición más *in fraganti* del mundo, según el cristal con que se mire. Porque lo cierto es que, si bien Genoveva y yo andábamos sentaditos en el mismo sofá, bastante cerquita y con largas sonrisas, todo ello pertenecía a una época muy lejana, a aquella época de ilusiones vanas que la aparición de Paquita había trasladado a un lejanísimo pasado de ilusiones rotas, en el caso de Genoveva, y de ilusiones hechas trizas, en mi propio caso. Creo que nos habíamos quedado ahí porque ya nada, absolutamente nada, podía tener importancia alguna, y porque era totalmente idiota tratar de ofendernos, de alejarnos cada uno un poquito hacia su extremo del sofá. Para qué, si era otra la distancia, para qué, si había habido una época anterior a un diluvio real y simbólico en que nos habíamos querido y hasta luchamos por seguir queriéndonos, a pesar de todo, y para qué, si Genoveva era y será una de las mujeres más nobles y bien educadas del mundo y sabía disimular perfectamente la imbecilidad de un tipo que de pronto descubre que lo han invitado a comer, que no puede quedarse a comer, y todo porque Paquita entró con una bandeja de plata y se volvió detestable la media luz de una habitación en la que ese mismo tipo no sabe ya ni a nombre de quién terminarse ese cuarto whisky y al pobre le están temblando hasta los buenos modales, por no decir nada de lo mucho que le está temblando el recuerdo de una mujer llamada Eusebia.

Podrán imaginarse ustedes muy bien lo débiles e inocentes que nos sorprendió este gran cretino. Pero él decidió que nos había pescado con las manos en la masa y se armó una que para qué les voy a contar ya a estas alturas del partido. Qué flojera, por Dios, ya todo estaba tan decidido, tan escrito, ya sólo él había ganado y hasta qué punto tan detestable partido, pero ahora resultaba que a su madre le había dado tan sólo un par de horas para despacharme y que ese par de horas hacía exactamente treinta segundos que había terminado. O sea que el primer alarido en tiple mayor fue precisamente ése.

–¡Treinta segundos!

Me incorporé como muy cansado, como con una gran flojera, y como Robert Mitchum, me imagino. E iba por mi maleta vacía de sábanas y mi impermeable. Iba también en dirección de la puerta, para desde ahí decirle adiós a todo eso, por ultimísima vez y con un gran bostezo de aburrimiento, cuando el tiplote se me vino encima y no me quedó más remedio que defenderme con un maletazo que sólo puedo describir repitiendo eso de que la ocasión la pintan calva, señores, ni que me hubiesen entrenado para esos menesteres, pero la verdad es que le asesté tremendo puntazo de maleta en plena frente, genial mi golpe. Y aunque no vi sangre ni nada, el victimado fue a dar a los brazos de su madre y ahí empezó a morirse a gritos de cinco tiplos diferentes, si es que suprimimos los tiplos de dolor, exclusivamente: contra su madre, contra mí, contra el Perú, contra la mierda de Colán, y contra la negra esa de mierda llamada Eusebia. Casi me acerco hasta el sofá, por aquello de la ocasión alegremente calva, ya que el monstruo andaba todo inclinado y con el culo como un mapamundi en su aparatitoórbita, o sea listo para la mejor patada que he dado en mi vida, pero Genoveva se había quedado mirándome inmóvil, sorda a tanta gritería, y de pronto me soltó el *perdón* más elegante, noble, y bien colocado que he escuchado en mi vida. Perdóname, Felipe Carrillo, repitió, aprovechando los gritos del tiple y, de paso, dándome toda una lección de nobleza, educación y, sobre todo, de la más grande y más humana comprensión. Sí, de la más grande y más humana comprensión, porque yo que la conocía bien, perfectamente bien en ciertos aspectos de su personalidad e inteligencia, me di cuenta de que al decir *perdón* se estaba refiriendo también a Eusebia, a *todo* lo de Eusebia, o, mejor dicho, a *todo* lo mío.

–Perdóname a mí también –le dije, sonriéndole largo y como quien trata de hacerle saber que una verdad más no lograría convertir mi vida en algo realmente insoportable.

Dejé ese espectáculo ahí, ya para siempre, y al cabo de un rato me descubrí comiendo en un restaurant llamado El Viejo León. Había pedido una excelente botella de Martínez Lacuesta y, con el primer sorbo de aquel tinto del 64, me descubrí pidiéndole nuevamente perdón al *perdóname, Felipe Carrillo* de Genoveva. Con el último sorbo, después de una comida a la altura de aquel vino incomparable, descubrí que hacía rato que andaba pidiéndole perdón también a Eusebia Lozanos Pinto, a Euse, y a mi Negra. Y logré amarla, quererla realmente, tal como era. Logré sentir con fuerza que me vino desde muy adentro, el efecto definitivo que habían tenido en mí los días pasados con ella. Era como si al cabo de una muy breve intermitencia, ocasionada por la repetición grotesca de una historia muy vieja, la estuviese queriendo nuevamente, queriéndola nuevamente como allá, en la hacienda Montenegro. Fue enorme la felicidad que sentí, y enorme también el alivio, porque de pronto comprendí que si lo vivido momentáneamente en casa de Genoveva hubiese sido verdad, *la* verdad, mi vida sí se habría convertido en algo realmente insoportable.

Y ahora sí el tren verdadero. El tren de regreso a París y el tren de la música de fondo y la enorme distancia. Regresaba sin regresar a ninguna parte, creo, y lo menos que puedo decir es que sentía clavada en mi rostro una amarga mueca de balance final, de hasta aquí llegué y de aquí no paso. Pensaba que todas las soledades son distintas y son iguales y el paisaje castellano corriendo junto a la ventana del tren me entraba por un ojo y me salía por el otro. Porque yo dale con pensar y pensar en aquel tren de la ausencia me voy. De pronto, también el recuerdo de Genoveva me entró por un ojo y se me salió por el otro, convertido ya para siempre en el paisaje castellano corriendo en sentido contrario junto a la ventana del tren, allí a mi derecha. La historia de esa mujer alta, noble, silenciosa, la de su hijo llamado Sebastián, pero como muy de lejos ya, no era de repente sino el marco en que encajaba perfectamente la verdadera historia de un encuentro en el que, a su vez, encajaba un perfecto desencuentro. Ahora sí que era real aquella historia de un amor como no hay otro igual, ahora sí que era lo que realmente era: una historia de tocadiscos, una interpretación de bolero en su salsa, un disco de Armando Manzanero escuchado por un peruano en París o por un peruano de París, un instante en que falló la ironía y la letra de una canción cualquiera logró convertirse en materia bruta y de pronto también, finalmente, en música de fondo y trampa inconmensurable de la distancia y la nostalgia. Eusebia y yo nos habíamos dicho *no sé qué cosas*, pero siempre, no sólo al amanecer, diablos y demonios...

Ahora el paisaje ya era francés y yo seguía pensando en aquel tren de la nada. Trataba de analizar un poquito las cosas, o sea que, digamos, pensaba bastante menos musicalmente que antes. Me había detenido, de pronto, en aquello de que Eusebia roncaba mientras yo soñaba. Pero no era ésta la forma de decirlo tampoco, porque Eusebia no roncaba mientras yo soñaba sino que ella roncaba mientras que yo soñaba. Bueno, en resumidas cuentas, un hombre llamado Felipe Sin Carrillo soñaba y una mujer llamada Eusebia Lozanos Pinto roncaba con los pies bien en el suelo. El paisaje francés, como antes el castellano y un poco más de la tierra española, continuaba entrando y saliendo igual, en lo que a mi vida respecta, y la música de fondo brillaba por su ausencia mientras que Eusebia brillaba en la hacienda Montenegro y a Genoveva y su hijo como que había que buscarlos en algún diccionario enciclopédico e ilustrado. O sea que yo seguía piensa que te piensa y París se acercaba porque yo estaba regresando y, a lo mejor, también porque yo estaba regresando sin regresar a ninguna parte. ¿Serían de ahora en adelante boletos sin regreso todos mis boletos? Pensándolo bien, ya ni siquiera estaba analizando: de un sopetón había pasado de analizar un poquito las cosas a un verdadero ejercicio de disección en el que ni Eusebia se libraba de sus ronquidos ni yo de mis soñidos. O, lo que es ir más allá todavía: ni ella ni yo nos librábamos de los soñidos de una mulata neorrealista. Y yendo aún más allá: una mulata neorrealista caída cual aerolito en los jardines de la hacienda Montenegro. Los aerolitos transforman el paisaje para siempre. Pueden incluso despojarlo de su armonía y perfección...

Pero diablos y demonios, el tren estaba llegando ya a su boleto sin regreso y, más que con un aerolito, mis recuerdos asociaban a Eusebia con guijarros frescos recién sacados del arroyo. Aparte de que era una mulata realmente arrolladora, claro, y aparte de que Eusebia en este mismo instante me estaría escribiendo arrolladora con i griega, verbigracia, sí, Verbigracia... París. Tren de arquitecto peruano en París. Y *La Revue Psychanalytique* de París. Púchica diegos, cómo seguía diseccionando mientras me bajaba del tren, mientras hacía mi cola civilizada y subía a un taxi de chofer maleducado, malhumorado, mal parido. Ridícula la pared del vestíbulo, no bien abrí la puerta de mi departamento. El retrato de Liliane con armario y todo en el sótano del departamento. La fotografía de Genoveva en su destino final de basurero. Y el imbécil de Felipe Carrillo colgado en la pared de *La Revue Psychanalytique*, por decirlo de alguna manera. El pobre imbécil fue en busca de la mujer madura y regresó con la temporada feliz en que había sido Felipe Sin Carrillo, metida en el cuerpo. Lo aerolitaron al pobre. Lo dejaron colgado en un vestíbulo ridículo al abrir la puerta y también después, al cerrarla. Fue feliz sin el apellido de su padre pero no mató a nadie. O sea que pensó, diseccionando al fin con ironía, que la famosa *revue* realmente no sabía para quién mataba. Le quedaba eso y una mueca de balance final. Más guijarros como recién sacados del arroyo cristalino. Una confusión de diablos y demonios era lo que, de pronto, nuevamente le quedaba. Guijarros frescos, su fotografía ampliada y diseccionada en el vestíbulo y un taller de arquitecto costeño y tristón.

Felipe Carrillo se agotó de pronto y ni siquiera se ocupó de sacar las pocas pertenencias que traía en una maleta de sábanas entregadas para siempre. Mañana volvería al trabajo, ya más que nada por costumbre y por éxito. Sonreiría mañana. Pero hoy... Pero ahora... Bueno, ahora estaba muy cansado como para enfrentarse más a su propia disección, a esta historia con mueca amarga de balance final que traía metida a cuestas. Historia sin principio ni final, no obstante. Eso es lo que sabía. Historia sin pies ni cabeza. Su historia y punto. O sea que avanzó hasta llegar al tocadiscos de los soñidos y sólo puso esos discos.

> Esta tarde vi llover,
> vi gente correr,
> y no estabas tú.

Todo le sonó a contras y soñidos. Sonreiría mañana, ya más que nada por costumbre y por éxito, Felipe Sin Carrillo.

UN DEPARTAMENTO NUEVO, SENCILLITO Y SIN VESTÍBULO

Y también en París, claro. Y perdonen la tristeza de mis razones profesionales, de mis éxitos y costumbres. De mi vida. Más un poquito de confesión, ahora, para que vean ustedes lo... lo... lo pelotudo que puede ser un intelectual costeño y tristón. Andaba como para *La Revue Psychanalytique* el arquitecto, de purito Armando Manzanero sin ironía alguna andaba Felipe Sin Carrillo y como abrazado a un rencor o algo así de tánguico, de un poquito tragirridículo. Y no se imaginan ustedes lo que agarró en su afán sublime. Lo dice el título de este capítulo con título: agarró departamento nuevo (o se agarró a un departamento nuevo), sencillo, y por supuesto sin vestíbulo. Pero tampoco lo dice todo sobre Felipe Carrillo ese título que más parece titular de revista del corazón, y ahí es cuando hay que pasarle revista al corazón de Felipe Carrillo, hay que pasarle verdadera disección a ese corazón rojo de vergüenza y ahí, precisamente ahí es donde sale confesión. Anda, cuenta de una vez por todas, Felipe Con y Sin Carrillo. Sí, sí, es cierto, es verdad aunque usted no lo crea: agarré departamento en barrio popular de París, mismo distrito 18, rue Polonceau, lejísimos del taller de mis éxitos y costumbres, segundo piso ascensor y todo, aunque esto último fue pura coincidencia con la letra del tango, lo juro.

Yo creía por supuesto que era mi última y más grande mudanza y me fijé mucho en la ausencia total de vestíbulo, al escoger. Sala, cocina y se comía en la cocina, el dormitorio de huéspedes que era también medio oficinita, despacho o tallercito, no sé muy bien, baño totalmente nuevo porque antes vivía un árabe y nunca se sabe, y mi dormitorio pero siempre sin el armario inglés con Liliane adentro que fue mudado directamente de sótano a sótano. Cambio total de mobiliario, con excepción del armario de sótano a sótano, ya les contaba. Discoteca completa y dejé que trajeran también los dos tocadiscos. Qué le iba a hacer. Eran prácticamente todo lo que quedaba de mí, pensándolo bien. Y dejé de usar corbata y saludaba con especial amabilidad a los árabes del barrio, por las tres razones del comendador, como decía el célebre escritor peruano don Ricardo Palma: por miedo, por miedo y por miedo. Un poquito más allá, en el número 38 de la rue, vivía Catherine Delay, hermosa y blanca como la pared enfrente de mi cama, que era donde, tras haber suprimido para siempre mi fotografía en blanco y negro y toda posibilidad de vestíbulo, andaba pensando en colocar para mí solito una enorme ampliación de Eusebia en la hacienda Montenegro, pero recortando la foto hasta que de la hacienda Montenegro sólo quedara la silueta inmensa de Eusebia. Bueno, pero Catherine Delay, arabista famosa, segura de sí misma, caminante pidiendo guerra con un largo metro ochenta, resultó que compraba su *baguette* en la misma panadería y a la misma hora que yo y que así se conoce uno a veces en la vida. Comimos, bebimos, y festinamos juntos con variedad y mucha conversa, y resultó que ella se pasaba muchos meses sin salir de ese barrio tan árabe por probarle hasta qué punto podía serle arabista y hasta árabe a un hombre que amó y amaba en una especie de hacienda Montenegro en las muy afueras de Fez, o sea algo así como Querecotillo con respecto a Sullana o de Sullana con respecto a Piura, no sé muy bien. Le

179

pregunté a Catherine que si por eso vivía en la rue Polonceau, una mañana de panadería y domingo, y ella me suspiró que sí, porque érase una vez una especie de Eusebio, allá muy en las afueras de Fez y medio beduino con cuento de hadas mientras duró, pero las mil y una noches de mierda las estaba pasando aquí como abrazada a un rencor.

–Te entiendo –le dije, totalmente eusébico y cociendo habas en todas partes–. También por mis pagos se canta un tango llamado *Las mil y una noches en el 506 y en el año dos mil*.

–Te entiendo –me dijo, igualmente eusébica y con sus propias habas. Después me preguntó–: ¿Y por qué elegiste este barrio?

–Porque quiero mudarme por última vez, Catherine.

–¿Tú también...?

–¿También tú...? En el plan en que vamos no va a quedar sitio para Eusebios en este barrio –le dije, agregando que al fin y al cabo el barrio era árabe y los Eusebios de París tenían derecho a habitarlo.

–Siempre habrá sitio para todos aquí –me explicó Catherine, poniéndose medio metafisicona, así con lo hermosa y alta y blanca como la pared enfrente de mi cama que era.

–Mi departamento, en todo caso, es bastante chico, como yo más o menos, mientras que el corazón es enormemente más grande que yo y que mi departamento juntos –concluí.

Y me sentí como invadido por mi propia respuesta, como mojado hasta dentro por una mancha húmeda y negra, medio satiricón y medio metafisicón, al mismo tiempo, igualito que si estuviesen sonando a gritos y juntos, siempre juntos, el tocadiscos de los sueños y el de los soñidos. En cambio Catherine tenía fe y se había graduado en estudios árabes y de eso sabía más que cualquiera allí en el barrio y en La Sorbona y qué sé yo dónde más. Creo que por eso la invité a comer nuestras *baguettes* juntos en vez de pateando latas y se abrieron las puertas de Fez muy en las afueras y Querecotillo muy en la hacienda Montenegro y un tinto árabe y este aguardiente peruano que se llama pisco, Catherine. Le dije que se parecía a la pared enfrente de mi cama y me entendió, les juro, a primerísima vista. Entró, vio, y entendió, Catherine, y nos reímos de nosotros mismos y le enseñé cinco planos de obras que iba a emprender cerca a la Porte de Saint Cloud, poniendo especial atención en señalarle el aspecto peruano, costeño y tristón de la historia de mi arquitectura exitosa de mierda. Después nos dimos un beso largo y profundo, tendidos sobre la alfombra de la sala, y a los dos nos supo igualito, o sea exacto a darnos la mano y decir chócala para la salida y partir la carrera ipso facto rumbo a la amistad. Yo no sé qué recordó ella, entonces, porque no me lo dijo, ni yo le dije tampoco, en nombre de la amistad y de su belleza blanca como la pared vacía enfrente de mi cama, que mi metedura de pata con Eusebia había sido tan enorme como para llegar a hacer el amor los dos sin que allá en Montenegro nadie se estuviese tirando a nadie ni acostándose con nadie, sólo haciendo el amor entre ronquidos y un soñar despierto del cual, tras aquel beso largo y de alfombra, acababa de despertar aterrado al darme cuenta de que Eusebia y yo habíamos sido muy brutos, de que no nos dimos la oportunidad de desabrazarnos siquiera, y que por andar yo tan abrazado a todo lo que entre nosotros había ocurrido, todo seguía ocurriendo en los ríos profundos que acababan de hacerme abandonar los labios y los hombros de una mujer tan bella como Catherine para llevarme en seguida cauce abajo hacia la certeza y el dolor para siempre de un hombre totalmente desabrazado.

Y después, claro, por los estudios y la curiosidad sin fin de mi bella vecina, terminamos visitando el Museo del Hombre. Anduvimos de pueblo en pueblo, de cultura en cultura, caminamos entre varias civilizaciones y a mí me daba lo mismo que la prehistoria fuera anterior a la historia porque Eusebia como que tendría que llegar a formar parte algún día de mi prehistoria y otras tonterías del mismo estilo que a Catherine la aburrieron un poquito porque ya desde la entrada yo le solté eso de qué tal concha, y por qué no le llamaron a esto el Museo del Hombre y de la Mujer, *quel culot, Catherine, toi, tu devrais protester en tant que femme*, pero ella como que se tomaba realmente en serio estos domingos de pueblo en pueblo y de civilización en civilización y yo en cambio andaba ahí lo menos científico del mundo y me lo estaba tomando todo como una jornada sentimental y hasta me detuve para siempre y emocionadísimo ante la silueta negra y suntuosa de una representante tribal y semidesnuda a pesar de la vestimenta de no sé qué grupo étnico, porque la verdad es que ni me fijé por andar comparando suntuosidades neorrealistas y diciéndome muy para mis adentros, por no interrumpir la seriedad de Catherine, sintiéndolo más que diciéndomelo, qué tremenda morena, cual una Eusebia maravillosa, suntuosa, untuosa, mordiscona y labial, esta negra también debió practicar la suerte de Cúchares el inmortal, que entraba a matar recibiendo, o que como negro toro de lidia, tras recibir la estocada final se nos aquerencia en el matadero de mierda de los pros y los contras, de las lisuras y las palabrotas-verbigracia.

Cerraron el museo, felizmente, e invité a la recordadora culta que era Catherine a dar un paseíto por el Sena. Me gustaba la idea de haberme hecho su amigo y creo que a ella no le molestaban ni mi silencio al borde del río, ni la forma en que a cada rato me iba hacia otros ríos que van a dar al Fenómeno del Niño o a la hacienda Montenegro, ni mucho menos la forma en que de rato en rato la miraba como si le fuera a decir no sé qué cosas pero después siempre me quedaba callado porque los milagros de ahora son sólo los de la ciencia y con eso de voltear de golpe y mirarla no la iba a descubrir de pronto mulata y caminando así de medio la'o, tomándose un hela'o, con filin y todo, ni tampoco el Sena iba a tener nunca sol de Colán o luna de Paita.

A la altura de Notre Dame, a Eusebia no le gustó Notre Dame, o sea que invité a Catherine a comer por ahí por el barrio latino y le hablé de Liliane, para cambiar de tema y de mirada y como que debí cambiar de tristeza porque ella me cogió una mano con fuerza y me dijo que no era para tanto, que ya vería, que el tiempo, que mi trabajo, que a ella también la había ayudado mucho su trabajo, que había andado por México y otra vez que no era para tanto, al menos con el tiempo. Ahí sí que la interrumpí, porque nadie tiene derecho a meterse con el tiempo subjetivo de los hombres, por decirlo de alguna manera que traté de explicarle, en un loco afán por tratar de explicarme también algo a mí, no bien entramos al restaurant y nos sentamos.

–*Mon problème* –le dije–, *mon problème* es un problema de fondo y dividido. Yo mismo soy un hombre dividido, objeto de una división profunda del orden de los factores que en este caso excepcionalmente ha alterado el orden de las cosas. Uno lucha, uno se desangra...

–¿Le gusta la carne bien hecha, a punto, poco hecha, cómo prefiere el señor su carne? –me interrumpió el mozo.

Casi le digo que me gustaba la carne donde el chino Juan, pero me había dado por no beber lo indispensable para estos casos, últimamente, motivo por el cual le dije que me trajera un pastís, primero, la carta de vinos inmediatamente después, y la carne en su punto final. Y continué:

–... uno se desangra y nada menos que tú, Catherine, traicionando tu experiencia árabe, sepultándola bajo tu cultura de arabista, me vienes ahora con que no es para tanto. Siempre es para tanto, Catherine, en el tiempo subjetivo de los hombres. Claro que el otro tiempo existe, el tiempo calendario, el tiempo cronológico del olvido y el entrar en razón, como quien dice. Y...

–El pastís del señor, señor.

–Gracias, gracias por la interrupción.

–Felipe, por favor...

–Perdón, es que no quiero olvidarme de nada. No quiero yo mismo interrumpirme nunca, ¿me entiendes?

–O sea que lo que quieres probarte a ti mismo es que eres un pobre diablo.

–Eso dejémoselo al tiempo convencional y Dios proveerá, como diría Eusebia.

–¿Entonces?

–Lo que yo quiero no es *ser* un pobre diablo sino *sentirme* pobre diablo, una reverenda EME con todas sus mayúsculas.

–La carta de vinos que pidió el señor, señor.

–*Merci, monsieur. Vous êtes vraiment très gentil.*

No crean que se lo dije odiándolo ni nada. Por el contrario, le sonreí sincera y amablemente, como si realmente me hubiese estado muriendo de ganas de tomar un buen burdeos. Y escogí un gran burdeos porque de golpe acababa de encantarme Notre Dame por dentro y por fuera, por ambos lados, y vista por detrás, que es por donde más me ha gustado siempre. No había pasado ni un cuarto de hora convencional, y el que realmente me había interrumpido era Dios. Me había provisto de tremenda provisión en el cauce de todos mis ríos profundos, sólo con el recuerdo arquitectónico de Notre Dame que me hizo pensar en unos planos que tenía en el atelier y debía entregar al día siguiente y que por consiguiente, como decía Catherine, no era para tanto. Y eso era lo peor de todo y ahora cuéntame tú cualquier cosa, por favor, Catherine, interrúmpeme del todo al menos por esta noche porque según Eusebia, Dios proveerá, y según yo, por más que me divida, detesto que Dios se meta en mis asuntos de carne y hueso y de pronto acabo de sentirme el hombre más razonable del mundo. ¿Tú crees en Dios, Catherine? En fin, ¿al menos en Mahoma?

–*Le tartar de madame et l'entrecôte bleu de monsieur*.

–Gracias a Dios, *monsieur*.

Así era mi vida vista por fuera, así era la fachada tristona y costeña, irónica a veces y prácticamente inenarrable en aquellos momentos en que trataba de contar algo tan sencillo como lo del tiempo calendario y el tiempo subjetivo de un arquitecto peruano en París, o de París, como quieran, porque la verdad es que ni yo mismo lo sabía muy bien ni tampoco lograba avanzar en profundidad, nada, ni siquiera con una interlocutora también dividida y muy atenta como Catherine.

Vista por dentro, la cosa cambiaba bastante, sobre todo en las noches de encierro en que trataba de instalarme definitivamente en un departamento que me resultaba demasiado estrecho para el trabajo que me traía del atelier, para recibir a colegas o amigos, en fin, para cosas de ese tipo. Pero poco a poco se iba apoderando de mí la extraña sensación de que era el departamento el que habitaba en mí y de que en ese sentido como que me quedaba enorme, de que era ancho y ajeno como el título de aquella famosa novela de Ciro Alegría: *El mundo es ancho y ajeno*. Ya me conocían en el barrio, claro, y hasta me habían tomado afecto muchos de los comerciantes árabes que frecuentaba, porque entre otras cosas para ellos era el amigo de Catherine, una mujer que sabía muchísimo más que ellos mismos sobre el Norte de África y que hablaba su idioma con todas esas variantes locales realmente sorprendentes en una extranjera. O sea que a mí me saludaban y también yo saludaba mucho, demasiado, tal vez, y ahí estaba el detalle, la clave, el detalle y la clave y la angustia que hacía que todo aquello me pareciera a menudo una enorme mentira. Vivía en esa calle de mentira, compraba de mentira, y saludaba de mentira al pasar, al entrar y al salir de cada tienda de mentira.

Hasta que por fin colgué a Eusebia. Amplié su fotografía hasta llegar casi al tamaño natural, para lo cual naturalmente la despojé de todo lo que en aquel enorme retrato perteneciera a la hacienda Montenegro. Uno hace cosas así y miren: una tarde que llovió y no vi a nadie correr y la vida era una mierda por dentro, en fin una tarde oscura que había regresado del atelier de mi vida por fuera, casi agarro la foto, o casi me agarro a la foto y la saco y la mojo en un estúpido afán de neorrealismo *troppo tardi* y también casi la beso de tamaño foto ampliada y la estrujo y la maldigo y qué te he hecho yo en la vida para tratarme así. Nunca llegaba a tanto, claro, porque era arquitecto y era éxito y eran mis costumbres y eso era lo malo porque no hay nada peor en la vida que estarse yendo a la mismísima y hacerse el disimulado. La verdad es que como arquitecto no sabía qué hacerme con el proyecto cojonudo que tenía entre manos y que por momentos se inclinaba hacia la ampliación sublime y definitiva de todo lo vivido y por momentos no resistía un solo instante la mirada crítica del satiricón oculto que me habitaba y que se traía abajo cada instante de genuina emoción. Pero así y todo, logré colgar a Eusebia. O, mejor dicho, hasta logré colgar a Eusebia, con ayuda de Catherine, de un buen vaso de tinto, y de uno que otro comentario que no recuerdo muy bien, aunque Catherine me asegura que en algún momento de aquella tarde color tinto y otoño yo llegué a afirmar que, como a un arquitecto no-sé-cuántos que había sido dos veces presidente de mi país, lo que realmente me estaba faltando a gritos era un ingeniero constructor.

Pero Eusebia quedó colgada, a pesar de todo, y nada menos que en la famosa pared blanca y alta de enfrente de mi cama, tan parecida a Catherine, que al igual que la pared, de golpe se convirtió en algo así como el vestibulín de mi departamento nuevo, sencillito y sin vestíbulo. Catherine como que se me había metido en mi mudanza, en mi última mudanza, y nada menos que en categoría de vestibulín. Ahí, o en ella, no sé, pero da lo mismo, había colgado a

Eusebia ampliada. Nunca la llegué a mojar, y muchas, muchísimas veces vi llover en mi vida y muchas, muchísimas veces en mi vida bajé corriendo entre la lluvia a buscar a Catherine para hablar del problema. Al final ya ni siquiera hablaba de Eusebia, la verdad, me limitaba a tocarle el timbre del telefonillo y, no bien Catherine corría a responderme porque sabía que era yo porque estaba lloviendo, le decía *Le problème, Catherine*, desde la calle, y me siento en la calle, y ábreme por favor, y estoy realmente en la calle, Catherine, en la lleca, en la lleca, en la mismísima lleca, Catherine. Me abría la puerta ataviada árabe y ya con el burdeos listo para mi vida interior, la subjetiva, la menos calendario de todas las vidas, o sea la de mierda, y me acogía con una sonrisa alegre para mi tristeza y confusión. Y como era arabista, sólo tenía cojincitos mil por donde uno se instalara e inmediatamente nos tumbábamos sobre alfombras marroquíes, acomodándonos con ayuda de los cojincitos tunecinos, y el incienso que jamás faltaba en su casa como que nos elevaba un poquito en la penumbra de velorio de una habitación iluminada sólo con velas, y en cuatro oportunidades más hubo un beso eterno sobre la alfombra pero yo nunca usé los brazos ya, ya para qué.

–Somos un par de imbéciles –me decía Catherine, entre el incienso y el fracaso, y se reía con su voz franca, cordial, alegre, amable, reilona a pesar de todo.

–A ti te ayuda la cultura –le decía yo furibundo.

–Cada uno se salva como puede, querido amigo.

–Catherine, ¿podrías hacerme un gran favor?

–Pide y se te otorgará, siempre que sea posible.

–Mira, prueba llamarme... Bueno, primero apaga tres o cuatro velas y métele más incienso al incienso. Métele de una vez pa' todo un año, por favor, y yo me tumbo aquí mirando el techo y la nada y tú desde ahí vas diciendo bajito *Felipe Carrillo*, primero, después *Felipe Sin*, después *Felipe Con y Sin*, después *Felipe* a secas, y, en fin, si notas algo realmente extraño en mí, una transformación radical o algo así, empiezas a soltar con mucha precaución varios *Felipes* a secas y sin que me dé cuenta entre los *Felipes* empiezas a encajar alguno que otro *Flaco* y terminas con una seguidilla de *Flaquitos* y una que otra palabra como *palabrota*, por ejemplo, más alguna que otra palabra como *testamento*, o *miéchica*, o *piajeno*, o *chino Juan*, o *Etelvina*, *doña Etelvina*, o *arrejunta'o* o...

–Felipe.

–Te dije que empezaras por Felipe Carrillo, Catherine.

–No, Felipe... Entiéndeme: no se trata de eso; se trata más bien de que me parece que debes irte a tu casa y dormir un buen rato. Necesitas descanso, Felipe, y se está haciendo tarde.

–Qué tal concha la tuya, Catherine...

–Te pasas la vida hablándome *del* problema y ya ni siquiera evocas el nombre de esa mujer.

–Decir *el problema* lo evoca todo: la evoca a ella, me evoca a mí, evoca al mundo entero, aunque yo no tenga cortinas argelinas y cojines tunecinos y alfombras marroquíes ni incienso ni esta especie de Museo del Hombre de *ese* hombre que tienes tú aquí. ¡Qué quieres! ¡Quieres que meta en mi departamento una momia de Paracas! ¡Y que me compre todos los libros que se han escrito sobre las rayas de Nazca! ¡Me cago en Nazca! ¡Me cago en los muertos de Paracas! ¡Me cago...!

–¡Felipe!

–Perdóname, Catherine... No quise...

–¿Te preparo un té de menta?

–Gracias, Catherine, pero creo que sigue lloviendo fuerte, o sea que voy a caminar un rato. Ésa es mi verdadera cultura.

Volvió una noche / Nunca la olvido / con la mirada triste y sin luz / Que tuve miedo de aquel espectro / Que fue locura en mi juventud... Había regresado de un paseo por el barrio lluvioso igual que aquel paseo al que dio lugar la escena de incienso en el departamento de Catherine. Llevaba miles de paseos, años de paseos por un barrio de París o de mi vida en el que siempre llovía. Había regresado tarde, tan despreocupado de todo como me notaban desde hacía ya un buen rato los colegas y las secretarias del famoso atelier Carrillo-Chabrol. A veces, paseaba siglos en una sola noche. A veces, en semanas y meses de noches enteras casi no paseaba nada cuando caminaba medio sonámbulo por calles semidesiertas o por calles en sábado de colas interminables delante de algún prostíbulo por el cual también ya había pasado o paseado, no sé bien, entre mi problema y alguna cara que no sé si andaba buscando y parecida a la de Eusebia, o no sé lo que andaba buscando. Nunca me detenía. Detenerse, muchas veces, entrar en un bar abierto tarde y de mala muerte era algo tan parecido a la compasión. Uno no podía detenerse. Avanzaba, pues, con la única esperanza de que la caminata se transformara en paseo en aquel instante mágico y cada vez más difícil de atrapar en que las calles se quedaban sin esquinas y las casas sin fachadas y el barrio sin París y yo sin mí. En cambio, cuando mil veces no había suerte y tardes y noches de lluvia eran tan sólo una caminata y todo volvía con tanta ansiedad, la boca de lobo de alguna esquina era siempre la misma pregunta: ¿Es cierto que te mudaste, Felipe Carrillo? ¿Te has mudado de veras, Felipe? ¿Cómo fue, en qué consistió tu mudanza, Felipe Carrillo?

Duele decir que uno ya había amado a Eusebia y que ya uno había sufrido por ella y que ahora sólo me quedaba la posibilidad de escribir sobre Eusebia. Había leído una frase por el estilo en algún libro, y se me había metido en la cabeza la idea de contarte, Eusebia, de decirte no sé qué cosas, y de decir no sé qué cosas acerca de ti y acerca de mí, sobre todo. Por ejemplo, que me harté de los discos de los pros y los contras porque me harté de mí mismo y sin la ironía con que había escuchado toda esa música, hasta que la viví contigo, los pros y los contras eran ya *mis* pros y *mis* contras y embellecerte más en París ya sólo era posible en las noches sin esquinas cada vez más difíciles de atrapar. Me había vuelto enteramente costeño y tristón, Eusebia, pero de Lima y París y arquitecto y los éxitos seguían en París a pesar de todo lo que tú o yo intentáramos hacer contra eso. *Contra eso*, ¿me entiendes, Eusebia? ¿Entiendes ahora por qué me he quedado en este departamento en el que ya nunca suena música y en el que, sin embargo, siete largas veces más Catherine y yo nos hemos besado inútilmente sobre una alfombra de mierda? No hay música ya nunca porque la música sólo sirve para confirmar nuestra soledad, Eusebia, lo dijo Lawrence Durrell, un escritor inglés entre cuyas obras se encuentran *El cuarteto de Alejandría* y *Limones amargos*, ¿sabes? No, qué vas a saber, es mucho para ti, ¿no? No, no tienes por qué saberlo, demasiado para ti allá en Querecotillo pero sucede que yo sí lo sé y que te he amado y que estoy harto de andar sufriendo por ti y más harto todavía de andar sufriendo por mí y de andar convertido en el morboso cazador sutil de esquinas mágicas, en deambulador de este barrio lluvioso y barato donde tampoco te habrías acomodado ni me acomodo yo y ni siquiera me han quedado brazos para Catherine, ese doble femenino que se defiende culturalmente en el número 38 de esta calle a la que diariamente regreso desde el atelier del éxito para encerrarme en el fracaso de una mudanza que no me ha llevado a ninguna parte o que tan sólo me ha traído hasta mí mismo. Te amé, te sufrí, y ahora te escribo, Eusebia, ahorita me arranco con todita tu historia, Eusebia, para lo cual, qué pesadilla, tendré que empezar desde aquel estúpido asunto de Genoveva y su hijo, ¿te acuerdas? ¿O mejor sigo tus consejos y dejo que Dios provea y que todo entre nosotros sea la misma historia sin pies ni cabeza, sin principio ni final, sin primer ni último capítulo?

¿Qué hago? ¿Les meto música de fondo a estas cuartillas?

Ya suena la muy hija de la Gran Bretaña de la música de fondo y entre pros y contras voy descolgando de la pared la enorme fotografía de Eusebia. Trato así de extrañarla un poquito, de ver si por lo menos la echo de menos un instante, yo que era tan bueno para extrañar. Pero el retrato calla, por no decir mentiras, por no contar en voz alta la historia de un tipo llamado Felipe Carrillo que, años atrás, en la playa de Colán y luego en Querecotillo, Sullana, en una hacienda llamada Montenegro, ante la vista y paciencia de dos viejos amigos de adolescencia, se tragó todas sus nostalgias peruanas en forma de amor y mulata y Eusebia Lozanos Pinto. Ese hombre cayó en una trampa inconmensurable de la nostalgia pero ahora ya se ha escapado de ella y de vez en cuando siente la brutal necesidad de llegar hasta los brazos de Catherine, aunque sólo para comprobar lo muy desabrazado que se ha quedado para siempre. Catherine y ese hombre, esta noche, por ejemplo, se han vuelto a besar y han llegado a desnudarse y después se han reído de su estupidez y cada uno ha vuelto a su esquina mágica mientras comían tranquilamente en un restaurant que les gusta por parisino. ¿Cuándo se van a confesar que lo que les duele es que ya nada les duela del pasado aquel...? Felipe Carrillo y Catherine Delay habitan cada uno el vestibulín del otro. Hasta ahí han llegado, ahí se desconciertan siempre, ahí los besos eternos y limpios y nobles que ayer dieron y hoy no logran dar. Se ríen de sí mismos. Son personas muy cultas. Y son un par de imbéciles totalmente incapaces de dar lo que ya dieron, de volver atrás y de volver desde allá atrás. Catherine se encierra con incienso, lee y arabiza.

Yo, en cambio, quiero extrañar. Y no sé qué hacerme con la fotografía de Eusebia de lo puro insoportable que me resulta. La descuelgo entre discos pro y contra que ya no me dicen absolutamente nada a favor ni en contra de ella.

Se acabó la música y sigue la escritura por la simple y sencilla razón de que yo sigo con el retrato entre las manos y no me atrevo a destrozarlo, a rasgarlo íntegro, a hacerlo trizas. Busco, a gritos, una iniciativa alegre pero ahí sí que la escritura se atraca con sensación de para siempre jamás. Busco un recuerdo y sólo me queda la calle en que vivo. Busco algo de mí y sólo me queda el atelier en que trabajo. Busco el éxito con que trabajo y sólo me queda el nombre Carrillo-Chabrol de un atelier cuya socia fue mi esposa joven y murió trágicamente y no sé cómo diablos fue a parar al sótano, encerrada para siempre en un enorme ropero inglés. A Eusebia la tengo en cambio todavía de mi tamaño, prácticamente parada aquí conmigo y es todo lo que queda de ella también pero ahora sucede que además ya la amé y ya la sufrí y hace meses que me resulta francamente insoportable. La fotografía de Liliane se puede rescatar algún día, es un lindo recuerdo y algún día puedo bajar y sacarla del mueble inglés y volverla a colgar porque es un lindo recuerdo. ¿Por qué demonios, entonces, hay que romper la fotografía de Eusebia? No, no te engañes más, Felipe: si la rompes, o mejor dicho, cuando la rompas, será por las mismas razones por las que tiraste a la basura el retrato de Genoveva. Claro, lo que uno quiere, en el fondo, es ser algo así como lindo y sublime y tirarse uno mismo a la basura.

No lo logrará jamás. Buen tema para todo un libro. La cultura contra la mala conciencia. Gana la cultura. Ganó, ya, en todo caso, el tiempo cronológico de la catedral de Notre Dame sobre el tiempo subjetivo que ahora, si existe, sobrevive apenas, es una mierdecilla cualquiera. Catherine, Catherine. Voy a dejar la foto de Eusebia un rato y me voy a acercar al vestíbulo de Catherine, a quien tengo aquí en el vestibulín de este departamento que compré porque no quería más historias de vestíbulos en mi vida. Ah, y Andrés Zamudio... Hablando de escribir, se podría escribir todo un capítulo sobre la presencia vestibular de Andrés Zamudio, culparlo de todo, matarse de risa de verlo tan burro en el vestíbulo por donde hace su ingreso aquella Genoveva que alguna vez llamé de Brabante. Catherine, Catherine, voy a dejar un rato la fotografía de Eusebia...

He usado los brazos. En realidad, acabo de estrenar mis nuevos brazos. Catherine se ha reído tanto de nuestros besos eternos que ahora ya no sé para qué usar los brazos, tras haber regresado a mi departamento para romper con ellos la inefable fotografía de Eusebia. Dios proveerá, decía ella, o sea que por fin me he mudado de verdad y por última vez. Mañana regresaré como siempre al atelier de mis éxitos sin que nada, absolutamente nada, haya cambiado en la fachada de mi vida. Sigo en la rue Polonceau y tengo de vecina a esa buena amiga llamada Catherine. Juntos vamos a menudo al cine y los domingos todavía solemos caer un rato por el Museo del Hombre, cada uno a mirar lo suyo desde tan lejos, desde ya no importa, desde la mera curiosidad con sonrisita. Somos como un tren sin pasajeros, nada más, aunque a veces mientras escribo todas estas cosas que no merecen ni un capítulo final, me voy dando cuenta de que soy también un hombre sin final, una persona que definitivamente lo único que pudo hacer fue mudarse por última vez. Miren, nada ha cambiado en mi vida y todo ha cambiado en mi vida. Muchísima música de fondo tuve que escuchar antes de enterarme de que lo único que ha cambiado en mi vida soy yo. Nada muy grave tampoco, y eso es lo peor, aunque por ahí Joseph Conrad en su libro *Lord Jim* me ande tranquilizando con eso de que el hombre es un ser asombroso pero definitivamente no es una obra maestra.

La Habana, Barcelona, Austin (Texas),
octubre de 1986 – noviembre de 1987

Impreso en Talleres Gráficos
LIBERDUPLEX, S. L.
Constitución, 19
08014 Barcelona